KB125571

어쩌다 늘공이 된 김주사

어쩌다 늘공이 된 김주사

초판 1쇄 발행 2020년 12월 25일

지 은 이 황인동
발 행 인 권선복
편 집 권보송
디 자 인 김소영
전 자 책 서보미
마 케 팅 권보송
발 행 처 도서출판 행복에너지
출판등록 제315-2011-000035호
주 소 (157-010) 서울특별시 강서구 화곡로 232
전 화 0505-613-6133
팩 스 0303-0799-1560
홈페이지 www.happybook.or.kr
이 메 일 ksbdata@daum.net

값 16,000원

ISBN 979-11-5602-858-1 (03810)

어쩌다 늘공이 된 김주사

어쩌다 된 공무원, 뜨거웠던 37년 인생

황인동 지음

도서출판 행복에너지

머리글

남의 떡이 커 보인다는 말이 있죠? 꿈의 직장이라는 공직에 들어왔지만 정년퇴직을 하는 비율이 고작 35% 정도밖에 안 된다고 합니다.

그럼에도 불구하고 공무원은 정년이 보장되고 퇴직 후에는 연금까지 받는 등 안정된 삶이 보장된 직업이라 해서 그런지 서울에 거주하는 중학교 3학년들의 희망직업 1위가 공무원이라 하고, 고등학생, 대학생, 심지어는 회사원들까지 공무원 시험 준비를 하고, 50대가 넘어서도 9급 공무원으로 들어오는 분들이 꽤 있는 게 현실입니다.

과연 공무원 생활이 생각처럼 호락호락할까요? 그렇지는 않다는 것을 이 책을 통해 확인해 보시고, 꿈을 접어야 될지? 아니면 그래도 한번쯤 도전을 해봐야 될지? 판단을 해보셨으면 합니다.

저자는 왜? 김주사이고, 김주사는 누구인지?

공무원은 어떻게 되었는지?

김주사가 살아남기 위해 어떻게 해 왔는지?

재직하는 동안 어떤 일을 했고 보람된 일과 후회한 일은 없었는지?

관리자들의 갑질은 어떤 것들이 있었는지?

후배들을 위해 해 주고 싶은 이야기들은 무엇인지?

김주사의 승진, 인사, 봉급, 연금 등은 어떠했는지?

김주사의 취미생활, 건강관리, 퇴직준비는 어떻게 해 왔는지? 등등

이 책은 김주사가 1984년 1월부터 서울시청과 서울시 산하 사업소에서 약 30년, 서울 금천구청에서 약 6년, 공동연수 1년 등 총 37년을 근무하면서 '김주사'가 되기까지 경험했던 것을 토대로 두서없이 작성한 것이므로, 중앙부처나 다른 지자체와는 분명히 차이가 있을 것임을 감안하시고 읽어 주셨으면 합니다.

아무쪼록 이 책이 공무원시험을 준비하시는 분들이나 재직 중인 분들에게 조금이나마 도움이 되었으면 좋겠습니다.

2020. 12. 1

지은이 황인동(일명 김주사)

차례

/ 제3장 / 에피소드

/ 제4장 / 관리자의 배신과 갑질들

/ 제5장 / 김주사가 살아남기 위해 처신한 것들은?

/ 제1장 /

어쩌다 보니 공무원

○○○

공무원은 늘공과 어공이 있다고 한다. '늘공'은 늘 공무원이라고 하여 공채를 통해 들어와 특별한 사유가 없는 한 정년퇴직까지 근무하는 공무원을 말하고, '어공'은 어쩌다 보니 공무원이 된 사람이라고 한다. 나는 공무원이 되고 싶어 된 것이 아니었다. 친구 따라 강남 간다고 어쩌다 보니 공무원이 되어 있었다.

- 초등학교 시절은?
- 어렵게 야간대학에 합격했으나 입학을 포기하다
- 서울시 9급 공무원에 합격!

초등학교 시절은?

내가 살았던 전라남도 곡성군 목사동면 '죽정리'는 10개 마을이 있는 정이 넘치는 장수마을이었다. 우리 외할머니도 곰방대 담배를 피우시면서도 105살까지 사셨다. 초등학교 5학년까지 전기도 안 들어와 일명 '호야'라고 하는 '남폿불'과 '호롱불'로 생활을 했다. 학교를 마치면 무조건 소 먹일 풀을 한 망태기 베어 와야 했고, 시간이 나면 개울가에 가서 물고기를 잡으면서 놀았다. 밤에는 친구 할아버지한테 가서 회초리를 맞아 가면서 붓글씨에 천자문을 배우기도 했다.

그러던 어느 날, 초등학교 5학년을 마치고 서울로 이사를 하게 되었다.

우리 집은 너무 가난했다. 설상가상으로 어머니가 손가락 파상

풍으로 병환이 심해져서 더 이상 농사를 지을 수 없었기에 어머니를 살리기 위해 얼마 안 되는 논과 밭을 팔아 20만 원을 만들어 1971년 12월에 가족(부모님, 6남매) 모두 서울로 무작정 올라와 삼양동에서 살았다. 그때 나는 초등학교 5학년을 마친 상태였고, 큰형님과 둘째형님은 고등학교도 가지 못하고 아버지를 따라 노동일을 하게 되었다. 겨울철 노동일이 없으면 온 식구가 하루 종일 모여 북어 한 포대를 망치로 두들겨 껍질을 벗겨다 주면 200원을 받았는데 그 돈이면 온 식구가 우동으로 두 끼니 정도 해결할 수 있었다.

나 또한 집에 조금이라도 도움이 될까 해서 초등학교 6학년 여름에 동생과 함께 장사를 한 적도 있었는데 동네를 돌아다니며 아이스께끼를 팔았다. 네모난 파란 아이스께끼통에 소금을 넣은 얼음주머니와 약 30여 개의 아이스께끼를 들고 다니면서 나는 "아이~스~께끼~" 또는 "하~드"라고 외치고 동생은 빈 병, 고무신 등을 담을 수 있는 자루를 들고 동네를 두어 시간 돌아다니면서 팔았다. 내가 사는 곳은 달동네라 아이스께끼를 돈 주고 사 먹는 사람은 거의 없었고 물물교환방식으로 2홉들이 병 1개, 찢어진 고무신, 빈 비료푸대 등을 가져오면 아이스께끼 하나를 주는 식으로 장사를 했다. 아이스께끼를 다 팔면 약 15원에서 20원 정도 남았던 것 같았다. 재수가 좋은 날은 다 녹아 버린 것이지만 남은 아이스께끼를 하나씩 먹는 즐거움도 있었다.

어렵게 야간대학에 합격했으나 입학을 포기하다

그러던 중 나는 고등학교 2학년 겨울방학 때 허리를 크게 다쳐 대학시험을 포기해야만 했고, 졸업 후에는 걸어 다닐 수가 없어서 약 2년간 거의 식물인간처럼 집에서만 생활을 했다. 시력도 급격히 나빠져 군대도 못 가고 고향으로 내려가서 방위로 군복무를 했다. 어렵게 군복무를 마치고 다시 거주지인 성남으로 돌아왔지만 어려운 가정형편 때문에 돈을 벌어야 했기에 아픈 몸을 이끌고 금성출판사 외판원으로 일을 했다. 그러나 적성도 맞지 않고 너무 힘들어서 외판원 일은 한 달 만에 그만두고 대학을 가기로 결심을 한 후 아버지께 도움을 청했다.

"아버지 정말 죄송하고 염치없지만 저 대학 가겠습니다."

"내가 대학을 가야 동생도 대학을 가지 않겠습니까?"

"가정형편이 어렵지만 밥만 먹여 주시면 학비는 제가 벌어 다니겠습니다."라고 간청했다.

아버지는 처음에는 안 된다고 하셨지만 고등학교 3학년 때 휴학도 못 하게 하고, 건강이 너무 좋지 않아 대학도 포기한 것을 아시기에 마지못해 허락을 해 주셨다. 그래서 늦게나마 대학입시 공부를 하게 되었다. 난 정말 공부를 못했다. 시골에서 소 키우다 왔으니 서울 학생들과는 실력 차가 너무 많이 났다. 초등학교 6학년 때는 꼴등을 도맡아 했고, 중학교 때는 60명 중 꼴등에서 항상 5등 안에 들었다. 고등학교에 들어와서야 겨우 중위권에 머물렀을 정도였다. 그런 상태에서 4년이 지나 대학입시 공부를 했으니 공부가 잘될 리가 없었다. 뿐만 아니라 대학입시를 준비할 책 살 돈도 없었다. 그래서 고등학교 3학년 때 대학 입시를 위해 한꺼번에 구입해 놓은 약 200페이지도 안 되는 요약본 교재를 가지고 입시를 준비했다. 그때 대학입학 시험까지 딱 100일을 남겨둔 상태였다.

상황이 그러했기에 나는 나름대로 시험을 위한 전략을 세웠다. 원래 나는 계획만큼은 잘 세운다. 중간에 자주 포기하고 결과가 좋지 않는 게 문제지만…. ㅋㅋㅋ

'대학입시는 암기과목 위주로 한다.'
'영어는 포기한다.'
'수학과 과학은 앞부분만 한다.'

'1개월에 전 과목을 한 번씩 본다.'

'두 달째에 전 과목을 두 번씩 본다.'

'세 달째에는 전 과목을 세 번씩 본다.'

'마지막 10일 동안은 마무리한다.'라고….

나는 한 평도 안 되는 내 골방에서 하루 4시간도 안 자고 공부를 했다. 한 달을 공부하고 나름 테스트를 해 봤는데 평균이 30점도 안 나왔다. 두 달이 지나도 40점을 넘기지 못했다. 시험 날짜는 다가오고 성적은 안 오르자 소화가 되지 않더니 급기야 신경성 위장병이 생겼다. 밥을 한 수저만 먹어도 목에 뭔가 걸려 있는 느낌이었다. 그래도 나는 포기할 수 없었다. 허리통증과 신경성 위장병으로 체중은 45kg도 안 된 상태에서 공부를 계속했다. 내 전략이 효과를 봤는지 나는 동국대학교 전산학과 야간에 합격했다. 그때의 기쁨은 말로 표현할 수가 없이 좋았고 모든 병이 한꺼번에 다 나은 기분이었다.

그리고 나는 부모님이 어렵게 마련해준 대학등록금을 가지고 대학등록 마지막날 동국대학교에 갔다. 그렇지만 나는 정말 힘들게 공부해서 합격한 대학을 포기해야만 했다. 어머니의 병환과 더불어 가정형편이 어려웠기 때문이다. 수많은 갈등을 하면서 내년에 알바를 해서라도 등록금을 마련해서 대학을 다시 가기로 결심을 하고 일단 지금은 대학 등록을 포기하기로 하고 집에 돌아왔다.

집에 돌아와 옷을 벗는데 끔찍한 일이 벌어졌다. 상의 안주머니를 누군가 면도칼로 약 20번쯤 칼질을 한 것이었다. 일명 '안창따기'였다. 대학 입학 등록을 할까 말까 수도 없이 고민을 하면서 입학 등록서류와 등록금을 주머니에서 여러 번 넣다 뺐다 했는데 그러는 과정에서 돈은 상의 겉 왼쪽 윗주머니에 넣어 두었고 입학 등록서류는 안주머니에 넣어두었던지 다행히 서류만 없어졌다. 천만 다행이었다. 그때 만약 돈을 잃어버렸다면 내가 어떤 선택을 했을까? 정말 끔찍한 생각까지 들었다. 내가 대학 등록을 포기하고 집으로 돌아왔을 때 집에는 목사님과 교인 몇 분과 부모님이 계셨는데 "대학 등록을 포기했다."는 소리에 기도를 하면서 모두들 부둥켜안고 엉엉 울었다.

여기서 나는 한 가지를 배웠다.

안창따기 한 놈은 "돈 냄새를 맡고 내가 정신이 없는 상태인지를 알았다."는 것이다. 좋게 말해 그 분야에는 진짜 프로였던 것이다. 복잡한 시내버스에서 면도칼로 내가 전혀 낌새도 챌 수 없도록 안주머니를 20여 차례나 칼질을 했다는 것에 정말 놀랐다.

이 책을 통해 안창따기님께 감사의 인사 올릴까 합니다. "안창따기님! 참으로 존경합니다."

내 나이가 정년퇴직을 바라보고 있으니 당신은 지금쯤 황천길로 가셨는지 모르겠지만 그때 당신 덕분에 이를 악물고 여기까지 오게 되었던 것 같소이다. 참으로 감사합니다.

나는 그 이듬해인 1983년 성남 공단과 당구장에서, 낮에는 왕십리 사출공장에서 일하고 밤에는 왕십리에 있는 EMI학원에서 공부를 하며 다시 입시준비를 했다. 그 결과 건국대학교 전자계산학과 야간에 합격을 했다.

하지만 그때도 일과 공부를 병행하기엔 내 체력이 감당을 하지 못해 얼굴이 두 배쯤 붓고 종기가 나서 코밑과 옆구리 부위는 수술을 해서 종기를 제거하는 등 혹독한 대가를 치르기도 했다.

서울시
9급 공무원에 합격!

나는 공무원이 무엇인지도 모르고 공무원 시험을 봤다. 집 옆 교회에 다니던 동네 동갑내기 친구가 우연히 "우리 서울시 9급 시험 한번 볼까?" 하고 얘기를 하길래 "공무원이 뭐야?"라고 하니까 동사무소나 구청에서 근무를 하는 거라고 했다. 그래서 대학입시 공부를 했으니 특별한 준비 없이 그냥 한번 보기로 했던 것이다.

그런데 당시 서울시 공무원 시험을 보려면 원서접수 마감 1개월 전에는 거주지 주소가 서울로 등록이 되어 있어야 시험 응시 자격이 주어졌다. 그런데 원서접수 마감까지 40여 일 정도 남아 있었다. 그래서 나는 동사무소에 가서 서울시 공무원 시험을 볼 수 있도록 전출·입 신고를 최대한 빨리 해 달라고 생떼를 썼고 그때 담당 공무원님 덕분에 전출·입 신고에 통상 2주 이상 걸리던 것이 1주일 만에 처리되어 주소를 성남에서 서울로 옮길 수 있었다. 나는 그렇게 해서 1983년 9월 16일 서울시 공채시험을 보게 되어 합격을 했다. 아쉽게도 시험을 권유했던 친구는 떨어졌다. 이렇게 해서 나는 서울시 9급 공무원으로 얼떨결에 들어오게 되었다. 다시 말해 어쩌다 보니 공무원이 된 어공 아닌 늘공이 되었다.

어쩌다
늘공이 된
김주사

/ 제2장 /

김주사가 한 일들

○○○

나는 공로연수 1년을 제외하고 공무원 생활 36년을 하면서 전산분야 10년, 교통분야 9년, 감사분야 6년 등 3개 분야만 무려 25년을 하게 되었다. 여기서는 〈감사분야〉를 제외하고 〈행정분야〉와 〈전산분야〉로 나누어 이야기하고자 한다.

〈행정분야〉

동사무소에서 행정 9급으로 첫 공직생활을 하다

행정직임에도 전산직으로 오해를 받았다

택시운수종사자 교육시스템을 확~~ 바꿨다

업무택시 참여기관 및 기업체를 획기적으로 늘렸다

전국 최초로 외국인 관광택시를 만들었다

구청 건설행정과, 교통행정과, 경제일자리과, 미래발전추진단에서 이런 일들을 했다

〈전산분야〉

서울시내 교통량조사 프로그램을 개발했다

야간작업인 배치업무를 통합하는 프로그램을 개발했다

민간기업인 데이콤에 파견되어 주민등록 전산망 사업에 참여했다

선배를 이겨 보겠다고 하는 김주사의 뻔뻔함이 통했다

김주사가 전산실장이 되었다

버스, 지하철에 사용하는 교통카드 업무를 담당했다

OPEN시스템 홍보를 위해 베트남, 인도네시아에 출장을 갔다

제2기 신교통카드시스템 개통에 참여했다

사무관으로 내정되고 교통 관련 부서의 ITS팀장으로 첫 보직을 받았다

〈행정분야〉 - 주민센터(구 동사무소)

동사무소에서 행정 9급으로 첫 공직생활을 하다

나는 1984년 1월 12일자로 강동구 길1동 동사무소(현 주민센터)에 발령을 받았다. 동사무소에는 동장(별정직)과 사무장(6급), 민원주임(7급), 나머지는 8급, 9급 직원 등 28명이 근무하고 있었다. 그동안 동사무소는 신규발령이 없어서 신규직원인 내가 오자 모두들 너무도 좋아했다. 당시 동사무소 직원들의 호칭은 남자들은 앞에 성씨를 붙여 '황주사' 또는 '황서기'(가끔은 놀리기 위해 '황세기')라고 불렀다. 그래서 당시 동사무소 직원들을 '동서기'라고 했는지 모르겠다. 그리고 여자 직원들은 뒤에 성씨를 붙여 '미스김' 또는 '미스리(이)' 라고 불렀다. 지금 와서 생각해 보면 성희롱에 가까운 호칭이지만 그 당시는 그렇게 불렀다.[1]

1. 행정안전부가 2010년 6월경 6급 이하 공무원의 직급별 명칭을 '주사'에서 '주무관'으로, '서기'는 '조사관'으로 바꾸기로 했지만 지금은 남녀구분 없이 보직이 없는 6급 이하 직원들은 대체로 '주무관'으로 부르고 있다.

공무원생활을 시작하면서 가장 먼저 한 것이 막도장과 업무용 도장을 만든 것이었다. 당시 막도장은 서무주임이 보관하면서 각종 수당지급조서 등 일상경비에 사용하다가 인사이동을 하면 회수해서 다른 기관(부서)에서 사용하곤 했지만 분실이 많아 다시 만드는 경우가 많았다. 하지만 업무용 도장은 자기가 직접 보관을 하면서 회계서류나 각종 복명서 등에 사용하는 도장이기 때문에 인감도장이나 다름없어서 철저하게 관리를 한다. 김주사도 1984년 1월 공무원생활을 시작하면서 만들었던 업무용 도장을 퇴직할 때까지 36년이나 사용했다.

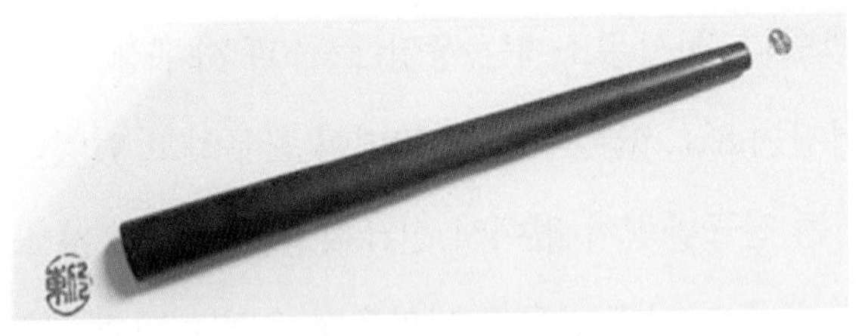

36년간 사용한 나의 도장

신규직원인 나는 담당업무가 따로 있는데도 불구하고 막내라는 이유로 과외로 이런 일들을 했다.

당시 길1동 관내는 비포장도로가 많아 민원실은 항상 흙먼지가 많았다. 그래서 매일같이 아침저녁으로 동사무소 바닥 물청소를 했다. 그리고 주 1회 정도 7시쯤 출근하여 길동 4거리에서 교통질서 계도를 하고, 수시로 동사무소와 구청의 행사에 차출되었다. 한

번은 그 이듬해 어린이날 행사가 있어 성동구에 있는 어린이대공원에 또 차출되었다. 나도 인간인지라 아무리 쫄따구라고 해도 차출이 너무 심하게 차출된다 싶어 행사장에 가지 않았더니 구청으로부터 '주의인지 훈계인지' 하는 징계를 받기도 했다.

나는 동사무소에서 약 1년 10개월 근무를 했다. 근무하는 동안 내가 한 일과 배운 것은 너무도 많았다.

첫 번째로 주민등록 등·초본 발급업무를 담당했다.

등·초본은 하루 50여 건 내외로 발급을 했는데 복사기가 자주 고장이 나곤 했다. 그럴 때면 동사무소는 비상이 걸린다. 그땐 민원주임까지 나서서 주민등록원장을 가지고 와서 민원인 앞에서 수기로 써서 발급을 해 줘야 했기 때문이다. 주민등록원장은 한자로 쓰여 있어 모르는 한자가 있으면 그림 그리듯 그려서 주다가 민원인에게 혼난 일도 더러 있었다. 여러 통의 등·초본 발급을 할 때는 거의 죽음이었다. 등·초본 발급 수수료는 현금으로 받았는데 오후 6시 업무가 종료되고 정산을 하다 보면 남는 경우는 거의 없고 많지는 않지만 부족할 때가 더러 있었는데 그럴 때마다 내가 물어내야 했다. 덴장! 월급도 쥐꼬리인데…. ㅠㅠㅠ

두 번째로 통·반조직을 담당했다.

동사무소는 창구업무와 비창구(민원창구가 아닌 사무실 내에서 근무) 업무로 나뉜다. 일반적으로 직원들은 비창구 업무를 선호하기 때문에 고참 직원은 대부분 비창구에서 근무를 하고 신규직원이나 경력이 얼마 안 되는 직원은 창구에서 근무를 한다. 나는 관운이 있어서인지 6개월 만에 비창구에서 근무를 하게 되었고 통·반조직과 사회정화 업무를 담당했다.[2]

내가 비창구로 이동한 것은 등 · 초본을 담당하면서도 5시만 되면 대학에 가느라 퇴근을 해야만 했기 때문이다. 그 점이 내겐 선배들한테 너무도 미안해서 나중엔 어렵게 들어간 대학을 1년간 휴학하고 일을 하게 되었다. 어떻게 생각해 보면 아직 아무것도 모르는 신규직원에게 통 · 반을 조직하는 업무를 맡겨서 통 · 반장의 민원을 손수 해결해 보라는 뜻이 담겨 있었던 것 같기도 했다.

'내가 뭐 이쁘다고 비창구에서 근무하게 했을까요.' 알고 보면 다 선배들의 술수가…. ㅋㅋㅋ

아무튼 나는 통 · 반 조직 업무를 담당하면서 구청의 지침대로 통 · 반을 재정비하고 통장도 남성에서 여성으로 많이 교체하는 일을 했다.

2. 민원창구는 인감증명서 발급, 전·출입신고, 등·초본발급, 호적업무 등을 하고, 비창구는 서무, 민방위, 병사, 통·반조직, 사회정화, 건축 등의 업무를 했다.

당시 길1동은 22개통이 있었다. 통·반 조직 변경은 22개통을 28개통으로 늘리고 통장도 남자에서 여자로 교체하는 것이 주였다. 그래서 나는 관내 통을 다니면서 통장들을 만났고, 선배들에게 수도 없이 물어보기도 하고, 지하에 있는 서류보관 창고에서 과거에 했던 자료도 찾아보고 하면서 통·반을 개편했다.

여기서 나는 공무원의 힘이 이런 것이구나 하는 것을 처음 알게 되었다.

'내 펜대에 의해서 하나의 동 조직이 바뀌어질 수도 있구나?'
'이것이 행정이구나.'
'공무원의 힘이 이런 거구나.'라고 말이다.

동사무소의 하루 일과는 참으로 다양했다.

선배님들은 출근하면 지하에 있는 다방에 가서 커피나 쌍화차를 마시거나 아니면 사무실로 배달을 시켜 마시곤 했다. 점심때는 인근 식당에 가서 식사를 하고 고스톱을 치거나 사무실로 와서 탁구를 치기도 했고, 특별히 할 일이 없는 직원은 당직실에서 낮잠을 자기도 했다. 동장님을 비롯한 선배님들의 탁구실력은 거의 선수급이었다. 나도 그때 탁구를 처음 쳐 봤다.

동사무소 직원들은 점심을 다양한 방식으로 해결했다. 대부분은 동사무소 인근 정해진 식당에 가서 밥을 먹고 계산은 장부에 기록한 다음 한 달에 한 번씩 정산을 하거나, 집이 가까우신 분들은 집에 가서 점심을 해결하고, 일부는 도시락을 싸 와서 같이 먹기도 했다. 점심시간은 정확하게 12시부터 13시까지 1시간이었고, 지금처럼 보안당번은 없어서 민원인들은 으레 점심시간에는 방문을 하지 않았다.[3]

당시 동사무소도 업무가 끝나면 직원들이 돌아가면서 당직을 했는데 당직을 하더라도 다음 날 쉬지는 못했다. 당직을 할 때는 특별히 할 일은 없었다. 일부 직원들은 업무가 끝나면 밤 9시 전후까지 당직실에서 고스톱을 치거나 바둑, 장기를 두곤 해서 심심하지는 않았다. 구청에서 복무점검이 나오더라도 걸리는 경우는 거의 없었다. 왜냐하면 오후 6시 업무가 종료되면 당직자가 제일 먼저 하는 일은 동사무소 셔터 문을 내리는 것이기 때문이다.

그래서 당직근무는 밤 9시 이후에나 시작된다.[4]

---

3. 지금의 동사무소(주민센터)의 점심시간은 직원들이 교대로 근무하면서 일상적인 민원 업무는 봐 주고 있다. 하지만 2002년 1월 베트남 호치민시 해외출장 때 확인해 보니 호치민시 공공기관들은 점심시간이 2시간인데 그 시간에는 관공서 셔터 문을 내린다고 들었다. 정말 부러웠다.

4. 지금의 금천구 동 주민센터는 직원들이 당직은 하지 않지만 보안당번을 지정해서 07:00에 출근하고 21:00 이후에 퇴근을 한다. 그렇게 하는 이유는 주민들이 주민센터에서 야간 강좌 등의 행사를 하는 경우가 있기 때문이다. 구청의 당직은 직원들이 조편성(3~5명 내외)을 해서 18:00부터 익일 09:00까지 근무를 하고 익일 쉬든지 아니면 다른 날로 대체휴무를 하고 있다.

내가 당시 동사무소에서 당직할 때 기억에 남는 일은 관내에 화재로 사망자가 발생한 사건이었다. 새벽에 동사무소 철문을 누군가 두드리는 소리에 나가 보니 경찰들과 소방관들이 와서 화재가 난 주소지의 주민등록원부를 보여 달라고 해 보여 준 일이 있다.[5]

또 동사무소에 근무할 때 몇 가지 특별한 일을 경험했다.

경험한 특별한 일 중 하나가 동사무소와 전혀 관련이 없는 무적차량을 조사하는 일을 했던 것이다. 무적차량 조사는 당초 경찰에서 하다가 동사무소로 넘어왔다고 했다. 전두환 정권에서 범죄에 이용되는 무적차량에 대해 일제조사를 시작했고 조사자에게는 수사권에 준하는 권한(구두)을 주었다. 우리 동에서도 몇몇 직원들은 그 업무를 하게 되었는데 나 또한 쫄따구라고 5건 정도 배정을 받았다. 무적차량들은 주로 회사차로 등록이 되었다가 회사가 망하고 일부 임원들이 사용하다 버리거나 다른 사람에게 팔기도 하고 대포차가 되어 범죄에 이용되기도 한다고 들었다. 나는 차량 주소지를 하나하나 찾아 사람들을 추적하면서 조사를 했다. 한 번은 주택을 방문한 적이 있었는데 40대 여성으로 보이는 분이 안이 훤히 보이는 실루엣 차림으로 나를 집으로 들어오라면서 유혹한 적이

5. 지금의 당직은 관내에서 화재가 발생하면 당직자가 바로 현장에 나가서 동향을 파악하고, 경중에 따라 관련부서에 연락을 해서 비상근무를 하고 화재 경위를 파악해서 부서장 등 간부들뿐만 아니라 상부에 보고를 해야만 한다.

있었고, 또 한 번은 부천까지 가서 조사를 하는데 조폭 4~5명이 방해한 적도 있었으나 나는 이에 굴하지 않고 오히려 서슬 퍼런 전두환 정권의 특명임을 팔아서 임무를 완수했다.

아무튼 동사무소에서의 내 공직생활은 나에게는 많은 것을 일깨워 준 시간이었다.

동사무소는 오후만 되면 비창구 직원들은 관내에 출장을 가는데 주로 동향파악과 함께 각종 세금고지서나 민방위 통지서, 적십자회비 납부 고지서 등을 통장님께 전달하고 배부 현황을 확인하는 등의 업무를 한다. 나는 관내 아파트를 담당했는데 출장을 나가면 항상 아파트 관리소에 들러 업무를 보곤 했다. 관리소에는 대체로 소장(통장 겸임)님과 여직원이 있었는데 갈 때마다 소장님은 일은 안 하고 나를 그 여직원과 엮어 보려고 부단히 노력했다. 그리고 17년이 지나서 그 여직원과의 악연도 있었는데 말이다.

한편 발령받은 첫해인 1984년도에는 대홍수로 한강이 범람하여 풍납동이 물에 잠겼으며, 강동구청에 물이 들어왔고 천호동 사거리는 보트를 타고 다닐 정도로 홍수 피해가 심각했다. 길1동도 예외는 아니었다. 쌀집에 물이 들어오자 주인아저씨가 쌀가마로 물이 들어오지 못하도록 쌓기도 했다고 들었고 직원들은 한숨도 자지 못하고 동네를 다니면서 피해를 줄이기 위해 이리저리 뛰어다녔다.

물이 빠지자 구청, 동사무소 전 직원들은 피해복구 작업에 투입되었고 복구 작업이 어느 정도 마무리되자 피해조사를 했는데 한마디로 엄두가 나지 않았다. 그 이후로 북한이 적십자회를 통해 우리 동사무소에도 쌀이 지원되었다. 그러나 쌀은 대부분 곰팡이가 나서 주민들에게 나누어 주기가 미안할 정도였다. 어찌되었든 곰팡이 부분을 제거하고 주민들에게 나누어 주고 남은 것을 버리자니 아깝고 해서 직원들이 일부 가지고 갔다. 나도 한 바가지 정도 가지고 가서 깨끗이 씻은 다음 밥을 해 봤는데 곰팡이 냄새가 너무 심해서 도저히 먹을 수가 없어 버렸다.

그 당시 일 잘하는 직원은 글씨를 잘 쓰는 직원이었다. 난 글씨가 개판이었다. 글씨를 잘 쓰지 못해 편한 점도 있었지만 글씨를 잘 쓰는 선배들이 부러웠다. 그중에 차트 글씨를 잘 쓰면 구청에 차출되기도 했는데 모든 상황판은 차트로 쓰였기 때문이다. 주민들에게 인쇄해서 제공되는 안내문 등은 등사지(가리방판 위의 기름종이에 글씨를 씀)에 글을 써서 등사를 해서 배부했다. 쫄따구인 나는 등사(인쇄)를 도맡아 했다. 등사를 하다 보면 얼굴이며 손에 시커먼 등사기름이 묻어 있기도 해서 주위사람에게 웃음을 주기도 했다.

지금의 동사무소(현 주민센터) 직원들은 대부분 일이 힘들다고들 한다. 하지만 당시의 동사무소는 추억이 있고 정이 넘치는 그런 곳이었다. 나는 그런 곳에서 1년 10개월을 근무했다.

〈**행정분야**〉 - 서울시청(공무원교육원에서)

행정직임에도 전산직으로 오해를 받다

나는 자동차관리사업소 전산실과 전자계산소(現 서울시 데이터센터)에서 전산업무만 하다가 우여곡절 끝에 1996년 10월 19일 공무원교육원(現 서울시 인재개발원)으로 오면서 10여 년 만에 본격적인 행정업무를 시작하게 되었다.

그런데 이게 웬일인가? 나로 인해 부서 간 갈등이 발생했다. 처음에는 내가 전자계산소에서 전산업무만 하다가 온 '전산직'인 줄 알고 날 데려와서 전산교육장을 구축하고자 했는데 알고 보니 내가 '행정직'이었다는 게 문제가 되었다. 당시 교육운영과 '지도계'에는 남자직원이 필요했는데 지도계에서는 내가 행정직인 걸 알고는 날 달라고 요청했고 같은 부서이지만 여자 전산실장님은 그럴 수 없다는 등 내부 갈등이 시작되었다. 옥신각신 끝에 난 당초 계획과는 달리 지도계로 발령이 났다. 그래서 전산교육장 구축사업은 1년여쯤 지난 다음 다른 기관에서 전산직 한 명을 충원하고 난 다음에서야 구축하게 되었다.

난 한편으론 다행이라고 생각했다. 나도 이젠 전산분야 업무는 그만하고 행정을 배우고 싶었으니 말이다.

서울시공무원교육원에서 처음으로 직원들 앞에서 교육안내를 했다.

당시 공무원교육원은 서울시 5만여 직원을 교육시키는 곳이었다.

내가 속해 있던 지도계의 직원들이 공통적으로 하는 일은 연간 수만 명에 달하는 교육생들의 근태(출석, 교육 중 이석 등 점검)를 관리하고, 매주 월요일이면 교육생들에게 교육안내를 하고, 매주 토요일은 월요일에 들어오는 학생들의 출석부와 명찰을 준비하는 것이었다. 나의 주 업무는 매주 월요일에 9급 또는 8급 교육생이 들어오면 교육안내를 하고, 교육생들이 합숙을 하는 생활관 관리, 직무교육 프로그램 중 하나인 교육생들의 봉사활동을 담당했다.

교육안내를 할 때면 교육 과정별 학생장과 부학생장을 뽑는데 특히 직무교육과정(승진 관련 교육으로 시험을 보는 과정)에는 이들에게 일정 가점을 주었기에 소위 말하는 온갖 빽이 동원되었다. 직무과정 교육생들은 1주의 교육이 끝나면 시험을 보고 그 시험성적이 승진에 반영되는데 공무원은 무엇보다 승진이 최고이기에 시험에 자신이 없는 교육생들은 1~2점이라도 더 얻기 위해 학생간부[1]가 되려고 부단히 노력했다. 1~2점의 가점은 승진을 좌우할 만큼 큰 점수였기에 더욱더 치열했고 그만큼 교육성적은 중요했다. 따라서 이들에게 일정 가점을 주는 학생간부 선정에는 온갖 빽이 동원되었던 것이다. 학생간부들은 교육안내 시 형식적인 절차만 거쳐서 뽑았는데, 그 이유는 월요일 교육안내에 들어가기 전에 이미 교육원에 있는 간부들을 통해 사전에 어느 정도 내정되어 있었기 때문이다. 한마디로 얘기하면 부정이고 또 다른 유형의 갑질이었다.

나의 교육원 시절은 막 인터넷이 들어오는 시기였다.

어떤 선배는 틈만 나면 인터넷에 접속하여 요상한 것들을 보기도 했고, 한 동료는 웹 코딩을 해서 웹페이지를 하나 만들어 화제가 되기도 했다. 하지만 동료의 코딩 사건은 내겐 치욕적인 일이었다.

다시 말해 나를 뒤돌아보게 한 일대 사건이었던 것이다.

"황 주사! 당신은 자동차관리사업소와 전자계산소에서 10년 가까이 전산업무를 했는데 이런 홈페이지를 만들 줄 모르는 것이냐"라고 하는 우리 4차원 팀장님의 말 한마디는 내게는 정말 충격

1. 학생간부는 각 교육과정의 학생장 1명, 부학생장 2명을 뽑는다. 학생장은 수업이 시작되기 전에 강사님을 모시고 와서 강사를 소개하고, 부학생장은 학생장을 대신하여 주로 물컵 준비와 칠판을 정리하는 역할을 한다.

이었다. 나는 전산업무를 10년 가까이 했다. 하지만 인터넷과는 거리가 먼 일이었다. 그런데 관리자들은 그렇게 생각하지 않았던 것이다. 하여간 난 그 코딩사건을 계기로 인터넷에 관심을 갖기 시작했다.

한번은 교육원에서 서울시 기능직 약 3,000여 명에 대한 특별교육을 갑자기 하게 되었는데 타자수인 여직원이 퇴근도 하지 않고 출석부를 만드는 것을 우연히 보게 되었다. 출석부는 소속, 직급, 성명, 서명 정도를 기록하는 것 같았다. 문제는 기수별 약 300여 명씩 출석부를 만드는 것이었다. 여직원은 워딩으로 출석부를 만들고 있었던 것이었다. 한마디로 비효율적으로 일하는 모습을 보고 "출석부 내가 만들어 줄 테니 빨리 퇴근하라."고 했다.

당시 내가 무슨 배짱으로 그런 말을 했는지 나 스스로도 이해가 되지 않았지만 아마도 코딩사건이 원인인 듯싶었다. 나는 바로 전자계산소로 달려가서 담당 팀장님에게 사정얘기를 하고 전산시스템에 있는 인사DB에서 기능직에 대한 소속, 직급, 성명을 추출한 자료를 받아와 간단하게 출석부를 만들어 주었다. 이는 코딩 사건으로 훼손된 자존심을 조금이나마 회복하는 계기가 되었고, 그 이후 컴퓨터에 대한 관심이 쭉 이어져 서울시청에 발령받고 나서 서울시 컴퓨터 동아리인 '어쭈구리'를 만들게 되었다.

〈행정분야〉 - 서울시청(운수물류과에서)

택시운수종사자 교육시스템을 확 바꾸다

운수물류과는 택시와 화물차 관련 업무를 하는 부서다.

대표적인 택시업무는 브랜드 콜택시 운영, 택시 교통카드시스템 구축, 택시요금 정책, 택시운수종사자 교육, 업무택시 확대, 외국인 관광택시 신규 도입 등이었다. 나는 택시 업무 중에서도 택시운수종사자 교육, 업무택시 확대, 관광택시 도입을 담당했다.

택시운수종사자 교육은 어디서부터 손을 대야 할지 정말 엉망진창이었다. 조례도 없었고, 위탁교육기관은 4곳인데 평가도 안 하고 있고, 교육 커리큘럼의 일관성도 없고, 교육인원 제한도 없는 등 문제투성이였다.

그래서 나는 팀장님과 상의 끝에 욕을 먹는 한이 있더라도 총대를 메고 혁신적인 택시개혁을 하기로 했다.

첫 번째로 택시운수종사자 교육기관에 대한 점검을 시작했다.

위탁교육기관에 대한 평가 결과 한 곳은 위탁을 취소했고 조례에 위탁교육기관을 지정해서 위탁교육기관을 추가하는 등 임의로 변경하지 못하도록 했으며 주기적으로 평가를 하는 규정도 만들었고 평가결과 문제가 발생하면 위탁을 취소하도록 했다.

두 번째는 신규교육과 보수교육에 대한 교육인원을 제한했다.

신규교육은 1회에 150명 이내, 보수교육은 300명 이내로 제한했다. 이렇게 한 이유는 택시기사 교육은 주로 서울시 구청 대강당에서 했는데 구청 대강당은 대략 300명에서 최대 500명 정도를 수용했기 때문이었다. 교육을 하게 되면 많게는 600~700명이 와서 100~200명이 교육장에 들어가지 못할뿐더러 택시를 타고 와서 차도에 주차를 해서 민원 발생도 잦았다. 뿐만 아니라 개인택시교육의 경우는 각 지부장들이 자신들의 힘을 과시하는 도구로도 활용되는 듯했다. 그런데 갑자기 어떤 '또라이(김주사)'가 와서 교육인원을 제한하자 별의별 압력을 행사하여 이를 막고자 했다.

세 번째는 위탁교육기관별 홈페이지를 구축하게 해서 연간 교육일정을 공개했다.

세상은 바뀌고 있는데 택시기사들도 이제는 인터넷 환경에 적응해야 한다는 생각에 위탁교육기관별로 홈페이지를 만들게 해서 연간 교육일정을 공개했고 택시기사들은 자기가 원하는 차수에 교육을 등록하도록 했다. 인터넷을 못 하는 기사님들을 위해서는 위탁기관별로 전화로도 등록할 수 있도록 했다.

네 번째는 교육시간을 1/2로 줄이고 교육커리큘럼을 대폭 수정했다.

택시정책을 성공적으로 추진하기 위해서는 위탁교육기관과 택시종사자들의 반발을 누그러뜨릴 필요가 있었다. 그래서 택시종사자의 보수교육을 16시간에서 8시간으로, 신규교육을 8시간에서 4시간으로 확 줄여 주었다.

대신 불필요한 교육시간은 과감히 없애고 택시기사들에게 꼭 필요한 택시관련 법규, 운수종사자 준수사항, 친절교육, 택시정책 위주로 커리큘럼을 개편했다.

다섯 번째는 공무원의 강사료를 1/2로 줄였다.

택시정책에 대한 강의는 과장, 팀장, 왕주임, 그리고 담당자인 내가 주로 했으나 인력이 부족하여 차츰 부서 다른 팀장들도 강의를 하도록 했으며 감사부서 출신 과장님이 온 뒤로 강사료도 50% 줄였다.

한번은 우리 팀장님이 나더러 택시기사 강의를 하라고 했는데 생전 처음 강의를 하려고 하니 정말 막막했다. 하지만 못 할 것도 없다는 생각이 들어 나는 팀장님께 시간을 좀 달라고 하면서 과장, 팀장, 왕주임이 강의를 할 때 같이 가서 강의 내용과 택시기사들의 반응을 살펴봤다.

내가 보기엔 팀장님은 교통 관련 업무를 15년 이상 한 분이라 아주 자연스럽게 강의를 하는 반면 과장님과 왕주임은 택시업무를 한 지가 얼마 안 되서 그런지 교육생에게 다소 끌려가는 느낌을 받았다.

그래서 나는 내 나름대로 강의 자료를 만들었다. 과장님과 왕주임은 강의보다는 질의응답시간에 다소 시간을 많이 할애하다 보니 잘 모르는 부분이 나오면 답변에 애를 먹는 부분이 있었기에 나는 가능한 질의응답시간을 줄이는 방법으로 강의 자료에 충실했다.

나의 '서울시 택시정책'에 대한 강의노트는 다음과 같았다.

1. 언론에 비친 택시의 현 모습(신규)
2. 조합의 역할(신규)
3. 서울시 택시정책
4. 질의응답 등

강의내용에 2가지를 새로 추가했다.

첫 번째는 '언론에 비친 택시의 현 모습'에 대해 사례를 들어 가면서 설명을 했다. 다시 말해 부당요금징수, 불친절, 승차거부, 사건사고, 외국의 택시제도 등의 사례와 택시의 현주소를 설명했다.

두 번째는 '택시조합의 문제점을 지적'했다. 다시 말해 조합의 역할 부분인데 조합원들이 매월 꼬박꼬박 조합비를 내는데도 불구하고 조합에는 연구원 하나 없고, 마케팅 하는 전문가도 하나 없어 항상 서울시가 어떤 택시정책을 추진하면 제대로 반박도 못 하고 그대로 수용하는 문제점을 지적했다.

아무튼 택시기사님들을 대상으로 하는 나의 첫 강의는 이렇게 시작되었고 강의에 대한 평가는 그다지 나쁘지는 않았다. 운수종사자에 대한 교육은 앞에서 얘기한 바와 같이 5가지 개선책에 대한 방침을 세우고 조례를 제정하는 등 제도적으로 뒷받침을 해서 강력히 추진했다. 그 결과 운수종사자들의 엄청난 반발이 있었음에도 불구하고 2년 정도 지나자 어느 정도 안착이 되었다.

〈행정분야〉 - 서울시청(운수물류과에서)

업무택시 참여기관 및 기업체를 획기적으로 늘리다

지금도 택시가 어렵지만 당시도 택시는 매우 어려운 상태였다. 택시기사들은 사납금을 납부하기 위해 절박한 상황에 있었고 이는 자연스레 승차거부, 불친절, 난폭운전 등으로 이어져 이와 관련된 민원이 끊이질 않았다.

그래서 도입된 것이 업무택시였다.

업무택시는 공무원뿐만 아니라 기업체 임직원들이 출장을 갈 때 택시를 이용하는 제도이다. 공무원들은 외부에서 업무를 보기 위해 관내·외에 자주 출장을 가게 되는데 이때는 관용차를 이용하곤 한다. 하지만 관용차가 항상 부족해서 관용차는 주로 간부들이 이용했다. 그러다 보니 실제로 관용차를 이용해야 할 직원들은 이용할 수가 없었고, 직원들은 어쩔 수 없이 개인 자가용을 이용하거나 또는 개인 사비를 들여 택시를 이용하는 등의 불편이 많았다.

그래서 관용차를 대폭 줄이고 그에 따른 차량 구입비나 유지관리비를 절감하고, 절감된 예산 등으로 업무택시를 도입하자는 취지로 서울시가 2006년 8월에 지자체에서 전국 최초로 업무택시 제도를 도입하였다. 특히 서울시 본청뿐 아니라 시 산하기관과 구청에서도 관용차량을 대폭 줄이는 등 업무택시 제도에 적극 참여하게 되었다.[1]

업무택시 도입으로 생기는 많은 장점들, 어려운 택시기사들의 처우개선, 관용차 감축으로 인한 차량구입비, 기사 인건비, 차량 유류비, 수리비 등 예산절감 효과, 교통혼잡 개선과 출장 시 업무 효율 제고 등 많은 장점이 있음에도 불구하고 일부 언론은 단순히 공무원들이 출장 갈 때 택시를 이용한다는 취지의 비판 보도를 했다.[2]

나는 당시 업무택시를 활성화시키는 것이 택시요금을 올려 택시기사들의 처우를 개선하는 것보다 훨씬 더 좋은 제도라고 생각하고 개선책을 강구하기 시작했다.

택시에 교통카드결제 시스템이 도입된 시점은 2007년 3월 21일

1. 업무택시는 1990년 초에 외국계 기업에서 일부 사용하고 있었다.

2. 콜택시 타고 출장가는 공무원?…예산 이중지원 빈축(쿠키뉴스, 2006.12.26.)

이었다. 나는 업무택시에도 교통카드결제시스템을 도입하는 게 좋겠다고 생각했다. 내가 업무택시를 담당했을 당시 업무택시 카드는 단순히 플라스틱에 카드번호와 콜센터번호가 적혀 있는 게 전부였다.

당시 업무택시 카드는 어디에서 몇 시에 타고, 몇 시에 목적지에 도착했는지 알 수가 없었다. 다시 말해 퇴근 이후에 이용하거나 관할 구역 밖에서 업무택시를 이용하는 등의 부정사용을 하더라도 적발하기가 쉽지 않았다.

그래서 업무택시카드를 카드결제가 가능하도록 개발하여 2008년 5월경에 도입했다. 즉 업무택시를 도입하는 기관에서 직원들이 업무택시를 이용할 경우 승·하차 지점과 승·하차 시간을 확인할 수 있도록 했고, 요금도 카드로 결제할 수 있도록 했다. 그랬더니 이용기관이 획기적으로 늘어나기 시작했다.[3]

초창기 업무택시는 주로 공공기관에서 이용했으나 차츰 기업체로 확산되기 시작하여 2006년 8월 도입 당시 86개 곳 21,800여 건에서 2008년 5월 말에는 933개 업체(기관)에서 58,000여 건을 이용하는 등 10배 이상 대폭 늘어났다.

---

3. 서울시 업무택시 참여업체 2년새 10배 증가 (노컷뉴스 2008.06.30.)
 • 정부 기관서 '업무용 택시' 이용 확산 (연합뉴스 2008.07.22.)

〈행정분야〉 - 서울시청(운수물류과에서)

전국 최초로 외국인 관광택시를 만들다

2009년 초 오세훈 시장 시절이었다. 당시 외국인이 서울시를 방문하는 인원수는 연간 약 500만 명 정도였으며 이 중 택시를 이용하는 외국인은 약 130만 명에 달하고 있었다. 하지만 외국인이 인천공항에서 서울로 들어올 때나 시내를 관광할 때 외국인에 대한 외국어 소통문제와 부당요금징수, 승차거부, 과속난폭운전, 불친절 등이 항상 문제였다. 하여 서울시는 택시불편사항을 개선하고 많은 관광객 유치를 위해 외국인관광택시INTERNATIONAL TAXI를 새롭게 도입하게 되었다.[1]

외국인 관광택시 도입은 단계별로 추진했다.

1. <회전목마>택시, 일본인에게 부당요금 요구 많다.(연합뉴스, 1999.11.19)

첫 번째, 4개의 브랜드 콜택시 택시기사님들을 조사해 보니 영어, 일본어, 중국어를 할 수 있는 기사님들이 600여 명에 달했다.

두 번째, 그들에게 일정시험을 통해 관광택시 자격증을 주기로 했다.

세번째, 관광택시임을 알리기 위해 택시 외부는 꽃담황토색으로 도색하고 캡등 부착, 차량외부에 외국어 가능(영어, 일본어, 중국어)한 관광택시임을 표시하고, 내부에는 관광택시 자격증(영어, 일본어, 중국어)을 비치토록 했다.

네 번째, 인천공항에서 서울로 들어올 때 3개 구간으로 나누어 요금을 지급하는 구간요금제와 미터요금제, 대절요금제를 도입했다.

다섯 번째, 인천공항에 안내데스크를 설치하고 요금을 공개했다.

여섯 번째, 인천공항에 외국인관광택시 승차장소를 지정 운영했다.

일곱 번째, 외국인관광택시 전용콜센터를 24시간 운영했다.

여덟 번째, 인천공항 경찰대와 협의하여 공항의 일반택시와 콜밴(화물)에 대한 단속을 강화했다.

마지막으로 서울시내 호텔과 협의하여 홍보를 했다.

이와 같은 단계로 계획을 수립하고 실행을 통해 2009년 5월 1일 우선 영어, 일본어를 서비스하는 외국인 관광택시 119대가 출범하

게 되었고 몇 개월 후에는 중국어까지 확대했다.[2]

외국인관광택시는 도입된 지 2년 만에 서비스 만족도 99%, 재이용율 39%, 이용객 24만 명 등의 효과를 거두기도 했다. 지금은 민간 기업에서 총 384대(2018년 기준)가 운영하고 있고 이용객이 매년 꾸준히 늘어나고 있다.[3]

2. "인터내셔널 택시" 서울서 오늘부터 운행(연합뉴스, 2009.5.1.)
 • 서울 외국인 관광택시 100대 늘어(연합뉴스, 2009.7.15.)

3. 서울시 "외국인관광택시 운영효과 99점"(뉴시스, 2009.5.25.)
 • '외국인 택시' 10년간 82만 명 이용… 매년 증가 추세(뉴시스, 2019.5.27.)

〈행정분야〉 - 서울시 금천구청

구청 건설행정과, 교통행정과, 경제일자리과, 미래발전추진단에서 일하다

첫 발령지인 건설행정과에서

2014년 1월 1일부터 제2의 공직생활을 구청에서 하게 되었다. 정말 낯설고 어색했다. 발령장을 받고 청장님과 면담을 했는데 청장님은 "황 과장님은 교통전문가라고 들었는데 건설행정과를 맡게 해서 미안하다."고 하시면서 "1년만 참아 달라."고 말씀하셨는데 나는 "괜찮습니다. 열심히 하겠습니다."라고 대답했다. 청장님에 대한 첫 인상은 점잖으면서도 아주 샤프해 보였다.(나중에 알게 되었지만 진짜 샤프했다)

건설행정과는 건설업등록, 광고물정비, 가로정비, 보상업무 등을 주로 하는 부서였으며 4개 팀에 20여 명 직원이 근무했다. 대체로 퇴직을 앞두신 분들이 많았고 노조위원장도 근무하고 있었다.

팀별로 업무보고를 받아 보니 업무들이 정말 생소했다. 나는 업무를 가능한 빨리 파악하기 위해 불법광고물(현수막, 전단지 등) 정비, 길거리 노점상 단속 등 정비 업무는 현장을 다니면서 파악했다. 그러면서 직원들의 애로사항을 서서히 알게 되었고, 차츰 부서에 적응이 되었다.

건설행정과 와서 처음으로 눈에 띈 것은 예산이 정말 없었다는 것이었다. 당시 사업예산이 고작 6,000만 원에 불과했다. 내가 서울시청에 근무할 땐 한 부서에서 약 1,000억 원을 집행하고도 예산이 모자라 추가로 지방채 500억 원을 발행해서 집행한 적도 있었는데…. 이게 구청의 현실이구나 하는 생각도 들었지만 한편으로 사업예산이 없어 직원들은 할 일이 줄어들어 좋겠구나 하는 생각도 들었다.

그러던 차에 광고물 담당 직원이 행정자치부(현 행정안전부)에서 간판디자인 개선에 대한 공모사업을 한다는 보고를 했다. 선정만 되면 연간 약 2억씩 최대 3년간 6억 원까지 지원해 준다는 내용이었다.

공모사업은 자료 준비도 해야 하고 선정이 되면 추가로 일이 생겨서 대부분의 직원들은 공모사업 자체를 기피하는데 광고물 담당 직원은 오히려 더 적극적이었다. 그 직원은 광고물 업무만 약

18년 정도 했기에 광고물에 관해서는 걸어 다니는 법전이라고 했을 정도였다.

그래서 "어떻게 하면 되겠냐?"라고 했더니 "행정자치부는 자기가 책임질 테니 서울시에서 행정자치부로 올라갈 수 있게만 해 달라."고 했다. 한마디로 그 직원의 자신만만한 모습이 과거 워크홀릭에 빠진 내 모습을 본 듯해서 한번 해 보자고 했다. 그런데 우리 구의 여건이 너무도 좋지 않았다. 서울시에 확인한 결과 서울시 25개 자치구 중에서 행정자치부(현 행정안전부)가 2개 구청을 추천하는데 금천구는 그간의 실적으로 봐서 순위가 최하위라고 했다. 서울시에서는 매년 25개 구청에 대해 광고물 정비 실적을 평가하는데 금천구는 중위권은커녕 매년 20위권 밖이었던 것이다.

그래도 나는 광고물 담당 직원의 업무에 대한 열정을 꺾을 수가 없었고 시작도 해 보지 않고 포기한다는 것은 있을 수가 없었다. 그래서 전 직원에게 양해를 구하고 주말을 포함해서 약 한 달간 전 직원이 불법광고물을 정비하기 시작했다.

직원들은 정말 열정적으로 일을 했다. 나도 주말에 나와 직원들과 함께 불법광고물을 정비했다. 3~4명이 한 조(운전, 사진촬영, 정비)가 돼서 2시간만 정비하면 1톤 트럭이 꽉 찼을 정도였다. 당시에는 신축 아파트 건축이 이루어지고 있는 중이라 아파트 분양 현수막

이 주말이면 많이 있었다.

이와 같이 한 달간의 피나는 노력의 결과를 가지고 나는 국장님과 함께 수차례 서울시를 방문해서 여러 서울시 국장님과 과장님들을 찾아뵙고 우리의 노력에 대해 설명을 드려서 금천구가 행정자치부까지 올라가게 되었고 공모사업에 당당히 선정되어 첫해 국비 2억 원을 지원받고 금천구에서도 예산을 추가하여 간판개선 사업을 하게 되었다.

두 번째 발령지인 교통행정과에서

건설행정과에서 1년을 보내고 2015년 1월 1일부터 교통행정과에서 일을 하게 되었다.

교통행정과는 구청의 1층 민원실에 있었다. 주로 하는 일은 마을버스, 교통유발부담금 부과 및 징수, 자동차 등록업무, 교통시설물 관리, 세금 미납차량 영치업무 등이었다.

교통행정과에 와서 제일 먼저 한 일은 민원처리 간판을 정비한 것이다.

민원실에서 볼 때 민원대 위에 대형 '민원안내판'[1]이 설치되어 있었는데 직원들이 보는 쪽에는 아무런 내용이 없었다. 그래서 그곳에 이렇게 디자인을 했다. '민원인에게 친절하게, 민원처리는 신속·정확하게, 스스로에게 청렴하게'라는 구호를 썼다. 그렇게 한 이유는 교통행정과는 매일같이 민원처리를 하는 부서라 직원들이 하루에 한 번쯤은 읽어 보기를 원했기 때문이었다.

두 번째는 교통유발부담금 징수실적에 따라 서울시 평가에서 2등을 해서 징수 포상금으로 3억 원을 받아 외부재원 확보에 일조한 일이다.

세 번째는 새로운 마을버스 노선을 하나 신설한 것이다. 주민들은 물론이고, 구의회와 마을버스 업체의 끈질긴 요구에 나는 서울시를 수차례 방문해서 노선을 신설했다. 하지만 마을버스 업체가 수지분석을 잘못해서 해당 노선은 적자가 누적되어 2017년부터 운행을 못 하고 있어 안타까운 심정이다.

교통행정과 직원들 중 창구에 근무하는 직원들은 정말 자기를 희생하는 직원들이었다. 매일같이 반복되는 민원업무를 하면서

---

1. 대형 민원안내판이란 민원인이 민원업무를 쉽게 처리할 수 있도록 '자동차등록업무', '주민등록증·초본발급', '여권발급' 등을 표시해 설치해 놓은 간판을 말한다.

진상민원뿐 아니라 하루에도 수많은 민원인을 상대하고, 점심시간에는 교대 근무를 하고, 부서 체련행사 때는 민원처리를 하는 관계로 같이 못 하고 저녁에나 동참하는 것이 일반적이었기 때문이다. 정말 천사와도 같은 직원들이었다.

그런데도 윗사람들은

"민원인에게 항상 친절해라."
"신속하게 일처리를 해라."
"전문가가 되라."는 등 잔소리가 끝이 없다.

민원창구를 떠올리면 생각나는 부분이 많다.

나는 언제부터인지 기억도 잘 안 나지만 대략 20여 년 된 듯한데 점심시간이 되면 가능한 빨리 점심을 먹고 와서 낮잠을 자곤 했다. 교통행정과는 1층 민원실에 있음에도 나는 아랑곳하지 않고 낮잠을 잤는데 돌이켜 보니 그 시절이 가장 꿀잠을 잔 것 같다. 그리고 나중에 알게 된 것이지만 김주사가 그렇게 낮잠을 잔 것은 잠이 부족한 것도 있지만 간이 좋지 않다는 신호였던 것이었다.

또한 교통행정과는 특히나 몇몇 여직원들은 자칭 자신들이 초절정 미인이라고 하면서 이 김주사를 웃기곤 했다. 더욱이 민원창구를 전담하는 등록팀장님(지금은 퇴직)은 나이가 나보다 한참 많은데도 불구하고 어찌나 나에 대한 과잉 충성을 하시던지 내가 민망할 때가 한두 번이 아니었다. 여직원들도 많았다. 나는 여직원들을 위해 내가 할 수 있는 게 뭐 없을까? 고민하다가 2가지를 개선했다.

하나는 민원실에서 사무실로 들어오는 문이 없어 민원인들이 불쑥불쑥 들어와 직원들을 불편하게 해서 '간이 문'을 달아 준 것이고, 또 하나는 서류창고를 정리해서 여직원들이 잠깐이나마 쉴 수 있도록 '간이 휴게실'을 만들어 준 것이다.

세 번째 발령지인 경제일자리과에서

경제일자리과 근무는 김주사가 자청을 했다.

구청의 복도통신에 따르면 경제일자리과는 일도 많고 청장님을 모시는 행사가 많아 과장들이 기피한다는 것이었다. 실제로 내가 가기 전에 퇴직을 앞둔 과장님이 1년 근무 후 타 부서로 옮기려고 했으나 경제일자리과로 오겠다는 과장이 없어서 6개월을 더 근무하고 있는 상태였다고 소문을 들었다.

그래서 나는 결심을 했다.

'일이 많으면 얼마나 많고, 행사가 많으면 얼마나 많길래 다들 기피를 하는 걸일까? 한번 가서 부딪쳐 보자. 그리고 내가 일해 보고 싶었던 G밸리 업무도 있고 업무가 많다고 하니 잘만 하면 혹시 승진도 기대해 볼 수 있지 않겠느냐'는 생각에 한번 해 보자는 결심을 하게 되었다.

그래서 청장님께 면담을 요청했다.

"청장님 드릴 말씀이 있어 왔습니다. 혹시 기회가 된다면 경제일자리과에서 한번 일해 보고 싶습니다."라고 하자

청장님은 "황 과장은 교통전문가이고 교통도 현안업무가 있는 것 같은데 혹시 경제 쪽으로 서울시에 인맥이 좀 있나요?"라고 물었다. 그래서 나는

"죄송합니다. 그쪽은 인맥이 없습니다."라고 대답했다.

그러자 청장님은 "경제일자리과에 오면 어떤 일을 하고 싶은가요?"라고 물었다.

"G밸리 업무를 한번 해 보고 싶습니다."라고 답했더니

"G밸리도 중요한데 경제일자리과는 전통시장 업무가 더 중요합니다. 한번 고민해 봅시다."라고 하면서 면담을 마쳤다.

그리고 나는 2016년 1월 1일부터 경제일자리과에서 근무를 하게 되었다.

경제일자리과에서 하는 업무는 아주 다양했다. 전통시장 관리 및 활성화, 소상공인과 중소기업 지원 정책, G밸리 업무, 일자리 정책, 축산물, 애완동물관리, 담배, 사업자등록증 발급, 통신판매업 신고 등 여러 가지 업무를 추진하는 부서였다.

내가 경제일자리과에서 제일 먼저 추진한 사업은 소상공인 지원정책인 나들가게 사업이었다. '나들가게'란 점포면적 165㎡ 미만인 골목슈퍼를 말한다.

나는 처음에는 나들가게 업무가 무엇인지조차도 몰랐다. 발령받아 간 지 불과 1주일이 지난 후 직원과 팀장님이 민원서류를 보여 주면서 중소기업청에서 나들가게를 지원하는 공모사업이 있으니 우리 구청이 참여해 달라는 민원이 들어왔다고 보고를 했다. 공모사업은 전년도에 이미 사업설명회까지 했는데 인사발령 등으로 담당자가 모르고 있다가 민원이 들어와서야 알게 되었다.

신청기간은 불과 3일밖에 안 남았다. 너무 늦어 담당자와 팀장님은 내년도에 하면 어떻겠냐고 내게 물었다. 나는 내가 결정할 사항이 아니니 청장님께 여쭤 보자고 했다. 그래서 긴급으로 한 페이지짜리 보고서를 만들어 청장님께 보고를 드렸다.

"청장님! 중소기업청에서 나들가게 선도지역 선정을 위한 공모 사업이 있었습니다."

"사실 깜박해서 청장님께 보고를 못 했습니다."

"선정되면 정부에서 3년에 걸쳐 8억 원을 지원해 준답니다."

"구청장님의 의지를 평가하기 위해 4억 원 정도 구비를 부담할 경우 가점을 부여한답니다."

"그런데 신청기한이 3일밖에 안 남았는데요. 어떻게 할까요?"라고 여쭈었다.

그러자 청장님은 나들가게를 위해 4억 원 지원할 테니 한번 신청해 보자고 했다. 나는 담당자와 팀장님의 말도 있고 남은 기간도 3일밖에 안 남아 은근히 다음에 신청하기를 바랐지만 이번에도 어김없이 나의 예상은 빗나갔다.

그때부터 비상이 걸렸다.

나들가게에 대해서 아는 것이 아무것도 없는데 제출 양식을 보니 약 30~40페이지 분량의 공모사업 신청서를 작성해야 했기 때문에 걱정이 많았다. 그래서 민원을 제기한 분을 모셔서 3일 만에 약 40페이지에 달하는 공모신청서를 작성해 신청을 하고 나니 다행히도 우리부서에 신규 여직원이 1명 오게 되어서 그 직원에게 나들가게 업무를 맡겼다.

그리고 현장평가에 대비하여 나들가게 5곳을 다니면서 나들가게 전반에 대한 실태와 문제점을 파악하고 구청의 의지 등을 담은 발표 자료를 만들었고, 대전에서 하는 최종평가에서는 이 김주사가 직접 가서 발표를 했다.[2]

발표평가 시 쟁점이 되었던 부분이 매출 목표를 매년 5%씩 상승시켜 3년간 15%를 달성하겠다는 내용이었다. 심사위원 한 분은 "나들가게들이 매년 폐업을 하는 추세인데 매출목표를 15% 이상 잡는 것은 잘못된 것 아니냐?"라고 물었다. 그래서 나는 이렇게 답변을 했다.

"그 목표는 저희 구청의 의지입니다."

"그 목표가 달성하기 어려운 목표라는 것 저도 잘 알고 있습니다. 하지만 이 정도 목표를 가지고 추진하겠다는 의지로 봐 주셨으면 합니다. 그 목표를 반드시 달성할 수 있도록 최선을 다하겠습니다."

2. 그동안 발표평가 시 대부분은 유통전문가나 담당자가 발표를 했는데 담당과장이 발표를 할 경우 좋은 평가를 받는다는 정보를 사전에 입수를 해서 이 김주사가 직접 발표를 했다.

어찌 되었건 서류심사, 현장평가, 발표평가를 통해 서울에서 우리 구청이 '나들가게 선도지역'으로 선정되었다.

당시 서울에서는 동작구청 등 4개 구청이 신청을 했는데 모든 구청들이 오래전부터 준비를 했음에도 금천구청이 당당히 나들가게 선도지역으로 선정이 되어 국비 8억 원을 지원받게 된 것이다. 물론 구청도 매칭비로 첫해 4억 5천만 원을 추가 지원하게 되었다. 그렇게 나는 2016년부터 2017년까지 2년 동안 나들가게 업무를 직접 챙기면서 크고 작은 시설개선, 점주교육, 국내·외 우수 나들가게 벤치마킹, 소규모 물류센터 구축 등의 나들가게 지원사업을 추진했다.

그 결과 중기청에서 2017년 나들가게 선도지역에 대한 평가결과 금천구가 최우수구로 선정되어 인센티브 3,000만 원을 지원받게 되는 쾌거를 이루기도 했다.

미래발전추진단에서

미래발전추진단은 정부가 주도적으로 추진하고 있는 도시재생 분야와 일자리 분야를 체계적으로 추진하기 위해 2개 과로 구성해 2018년 1월 1일 신설되어 김주사가 추진단장(지방서기관)으로 영전을 하게 되었다.

도시재생 분야에서는 2018년에 국토교통부 도시재생 뉴딜사업에 우리 구 '금하마을'이 선정되어 125억 원을 확보한 데 이어 2019년에는 '독산동 우시장 일대'가 선정되어 375억 원을 확보하는 쾌거를 이룩했다. 또한 금천구는 말미마을 골목길 재생사업, 시흥5동 새뜰마을사업, 복숭아마을 관리형 주거환경개선사업 등 다양한 도시재생사업을 의욕적으로 추진한 바 있다. 또한 2019년 7월에는 서울시 최초로 '금천구 도시재생지원센터'를 개설하였으며 주민 역량강화를 위해 2019년 9월부터는 도시재생대학을 운영하고 있다.

일자리분야에서는 매년 8,900여 개의 일자리를 창출하여 서울시 평가에서 5년 연속 우수구로 선정된 바 있고, 2018년도에는 일자리를 보다 체계적으로 창출하기 위해 조례를 제정하여 일자리위원회를 구성했으며, 2019년도는 어르신들의 안정적인 일자리를 제공해 드릴 수 있는 일자리주식회사 설립을 위한 타당성 용역(수지분석 포함)과 조례제정을 했고, 이 김주사가 공로연수 중인 2020년 9월에 일자리 주식회사를 설립해 다양한 일자리를 만들어갈 예정에 있다.

〈전산분야〉 - 서울시청(자동차관리사업소 전산팀에서)

처음으로 프로그램을 개발했지만?

김주사가 9급 시절이다. 한번은 서울시청 교통부서(운수과)에서 교통량조사 프로그램 개발 요청이 있었는데 팀장님이 이 프로그램 개발을 나에게 해 보라고 해서 순간 당황도 했지만 "한번 해 보겠다."고 말했다.

개발언어는 'COBOL'이었다. 서울 시내 주요 지점(사거리)에서 러시아워 시간마다(08:00~09:00) 차량이 종류(승용차, 화물, 버스)별로 몇 대가 지나가는지를 조사한 자료를 토대로 전년도 대비 얼마나 교통량이 늘어났는지 또는 감소했는지를 파악해서 서울시 교통정책을 수립하는데 있어 참고 자료로 활용하기 위한 것이 개발목적이었다.

개발내용은 조사년도, 조사날짜, 조사장소, 조사시간, 차량종류, 통행량등으로 입력하는 화면과 전년도 대비 교통량 증감 내역을 볼 수 있게 하고, 출력하게 하는 아주 간단한 프로그램이었다.

선배들은 1주일이면 개발할 수 있는 범위이지만 나는 처음 개발하는 것이기에 많은 시행착오를 거쳐 겨우 1개월 만에 개발을 완료했다. 그리고 전년도 자료와 금년도에 작성한 교통량조사 자료를 입력하고 입력된 자료에 대해 정확하게 입력이 되었는지를 여러 차례 확인한 후 드디어 프로그램을 돌려 지점별 교통량 증감을 확인해 봤다.

그런데 이게 어찌된 일인지 꽤 많은 지점에서 말도 안 되는 교통량 증감(심한 곳은 1000% 이상 증·감)이 발생한 것으로 나왔다. 나는 프로그램에 오류가 없는지를 수차례 점검도 해 보고, 전년도와 금년도의 데이터가 정확하게 입력이 되었는지도 수차례 확인을 했지만 문제점을 찾지 못했다. 하여 나는 선배들로 하여금 내가 개발한 프로그램에 대해 오류가 없었는지에 대해서도 점검해 달라고 해서 점검도 해 봤지만 오류는 발견하지 못했다.

그렇다면 말도 안 되게 증감이 나온 이유는 뭘까? 그것은 아마도 전년도 또는 금년도 교통량조사가 잘못되었다는 결론밖에 없었다. 하여 당시 서울시 교통부서(운수과) 주사님은 이런 결과로는 이 프로그램을 사용할 수 없다고 하였다. 이렇게 나의 첫 컴퓨터 프로그램 개발은 물거품이 되고 말았다.

〈전산분야〉 - 서울시청(자동차관리사업소 전산팀에서)

야간작업 배치업무를 통합하는 프로그램을 개발하다

두 번째로 개발하게 된 컴퓨터 프로그램은 내가 자발적으로 개발한 것이다. 당시 전산실 직원들은 야간 업무량에 따라 1~2명씩 돌아가면서 근무를 했다. 야간작업은 장애에 대비해서 데이터 백업도 하고, 자동차세 고지서 출력도 하고, 고지서 출력을 위한 데이터 추출작업을 주로 했다. 특히 데이터 추출작업은 18시 업무가 종료되면 시작해서 길게는 다음날 업무 시작 전까지도 해서 직원들은 잠을 한숨도 자지 못하는 경우가 종종 있었다. 예를 들면 자동차 고지서를 출력하는 데이터 추출작업 같은 경우는 그 당시 등록된 자동차 약 120만 대의 데이터를 컴퓨터가 하나씩 읽어read 고지서 작업을 위해 필요한 부분만을 추출하는 작업이다. 그런데 이와 같은 유사 작업들을 하루 저녁에 시차를 두고 2~3개씩 돌렸고, 간혹 프로그램들 간 충돌로 어느 하나 프로그램이 죽거나(프로세스가 off) 먹통(루핑, 장애 등)이 되면 처음부터 다시 작업을 돌려야 하는 등

불편함이 정말 많아 뜬눈으로 밤을 지새우는 날도 많았다.

그래서 나는 데이터를 추출하는 프로그램들을 통합하여 데이터를 한 번만 읽어 모든 BATCH 프로그램에 필요한 데이터를 추출하도록 하는 프로그램을 개발했다. 이 프로그램은 여러 데이터를 추출하기 때문에 이 작업이 돌아가는 시간은 다소 길었지만 여러 개의 프로그램을 동시에 돌려 장애가 발생하는 문제를 해결했고, 야간작업을 주간에 할 수 있도록 하는 등 업무량도 줄이는 성과를 냈기 때문에 팀장님과 선배님들한테 많은 칭찬을 받았다.

칭찬은 고래뿐만 아니라 이 김주사도 춤추게 했다. ㅋㅋㅋ

〈**전산분야**〉 - 서울시청(전산담당관-데이콤 파견에서)

민간기업인 '데이콤'에 파견되다

자동차관리사업소에서 약 3년 6개월쯤 근무하고 한참 재미있게 적응을 하려고 할 때쯤이었다. 서울시에 행정전산망 사업을 전담하는 추진반(전산담당관 內)이 생겼고 파견요청이 있어 난 또 쫄따구라는 이유로 1989년 6월 19일에 파견을 가게 되었다.

이게 서울시청에서 이 김주사가 처음으로 근무하는 계기가 되었다.

정부의 국가전산망 사업은 국방, 금융, 행정 등 광범위했으나 서울시, 즉 지방자치단체는 행정전산망 사업을 추진했다. 행정전산망도 주민등록, 자동차, 부동산 등 세 가지 분야의 행정전산망 사업을 추진했다. 나는 자동차관리사업소에서 자동차 업무를 담당했기에 당연히 자동차전산망에 참여할 것으로 알았지만 이 또한 생각대로 되진 않았다.

나는 가장 복잡하고 규모가 큰 주민등록전산망 사업에 참여하게 되었고 직원 2명과 함께 용산에 있는 '데이콤'(민간사업자)에 파견되어 민간인들과 함께 근무를 했다. 데이콤에서 주로 하는 일은 동사무소 AT(서버) 자료와 데이콤에 있는 대형서버(국산 중형급 컴퓨터인 톨러런트)에 있는 자료 간 DATA를 일치시키는 작업과 전·출입 등 주민등록 전산화 작업이 잘 진행되도록 데이콤의 개발사항을 점검하는 것이었다.

동사무소에는 2대의 컴퓨터가 있었는데 AT(서버), XT(업무용, 지금의 PC)가 있었고 동사무소 직원들은 장애에 대비하기 위해 저녁 내내 AT에 있는 자료를 백업BACKUP하는 일들을 했다. 그래서 백업 시간을 단축하도록 데이콤에 프로그램 개선을 요청하는 일도 했다.

데이콤에 근무하면서 보람된 일이라곤 우리가 '갑'이었다는 점이고, 안 좋았던 점은 이 친구들은 오후 4시경이면 간식으로 빵과 우유를 먹곤 했는데 치사하게 자기들만 처먹고 우리에게는 주지도 않는 것이었다. 아주 가끔은 담당과장이 미안해서 그런지 자기 것을 주기도 했지만 우리들은 그 시간이면 자연스레 밖으로 나가곤 했다.

약 3개월간의 파견 근무를 마치고 돌아왔고 전자계산소에 행정 전산망 전담부서(전산관리과)가 새로 만들어져서 나는 그곳으로 발령을 받았다.

〈전산분야〉 - 서울시청(전자계산소-전산관리과에서)

선배를 이겨 보겠다고 하는 김주사의 뻔뻔함이 통하다

우리 부서 직원은 나를 포함하여 고작 4명(6급 2명, 7급 1명, 8급 1명)이 근무를 했고 나는 또 제일 쫄따구였다. 그때부터 본격적으로 주민등록, 자동차, 부동산 전산망을 총괄하게 되었다. 그때 나는 담당부장님(장○○)을 찾아가 "주민등록전산망 사업을 내게 맡겨 달라." 고 간곡히 요청을 했고 "맡겨만 주면 배워 가면서라도 주민등록전산망을 꼭 성공시키겠다."고 해서 업무를 맡게 되었다.

내가 주민등록전산망을 맡겨 달라고 한 이유는 전산분야에서 2인자가 되지 않겠다는 뻔뻔함도 있었지만 나의 확고한 신념이 있었기 때문이었다. 당시 주민등록전산망의 서버는 12대, 자동차전산망은 4대, 부동산전산망은 2대였는데 이때 가장 큰 시스템을 맡아 내가 가장 존경하는 선배로부터 독립을 하고 싶었고 잘하면 선배가 이루었던 것 그 이상으로 큰 성과를 내서 남들로부터 좋은 평가도 받으면 나름 자부심을 가질 수 있다고 판단했기 때문이었다.

그 선배(유○○, 정년퇴임)는 다름 아닌 자동차관리사업소에서 온라인 프로그램의 대부분을 개발했던 내가 가장 존경했던 선배였는데 이 기회에 선배의 명성을 뛰어넘고 싶다는 생각이 강하게 들었고 선배로부터 탈피해서 나 홀로 독립해 보자는 것이었다. 그것도 8급 신참이 6급 고참을 상대로 말이다.

나는 담당부장실에 찾아가 30여 분 동안 부장님을 설득했다. 부장님은 처음에는 "황당하다"는 표정으로 안 된다고 했지만 젊은 놈의 의지와 패기를 높이 사서 그랬는지 내게 막중한 주민등록전산망을 맡겨 주셨다.

〈전산분야〉 - 서울시청(전자계산소에서)

주민등록전산망 사업을 추진했을 때 정말 힘들었다

주민등록전산화 사업은 내 공직생활 36년 중 보람도 있었지만 가장 힘든 일이었다.

최초로 국산화한 중형급 컴퓨터에 서울시 전 주민의 주민등록 자료를 DB화하고, 동사무소 서버AT와 중앙서버(국산 1호기 톨러런트, 2호기 타이콤) 구축과 통신망 구축 등 어마어마한 프로젝트였다. 통신망 구축은 전자계산소의 통신실이 담당을 했고 내무부의 행정업무 처리와 동사무소의 전산자료 관리는 시청 행정과에서 전담을 했다. 나는 전자계산소에서 동사무소 AT와 중앙컴퓨터의 안정화와 데이터 일관성 유지, 프로그램의 안정화(운영체제, DBMS, 운영프로그램 등), 장애 복구에 대비한 중앙컴퓨터의 백업(일일, 주말, 월말), 통신망과 서버의 안정화 등의 작업을 전담했다.

서울시의 중앙컴퓨터(서버)는 당시 금성에서 개발하여 납품을 했다. 서버는 12대가 듀얼로 구성되었는데 하루에 적게는 2~3번에서 많게는 10회 이상 DOWN되기도 했다. 이럴 때마다 DOWN되는 원인을 찾기 위해 금성의 기술자, 통신담당, 우리 팀원 등 모두가 원인을 규명하고 그에 따라 프로그램을 보완해서 다시 적용하는 것을 셀 수도 없을 만큼 반복해서 작업을 하면서 시스템을 안정화해 나갔다.

다시 말해 DOWN의 원인이
'OS의 문제인지?'
'DBMS의 문제인지?'
'운영프로그램의 문제인지?'
'통신망의 문제인지?'
'장비H/W의 문제인지?'
'운영미숙인지?' 등을 규명하는 것이었다.

서버의 DOWN이 연 1회 발생만 해도 주민들에게는 엄청난 피해와 불편을 초래할 수 있는데 하루에도 수시로 발생을 했으니 시스템의 국산화 여정이 이렇게 힘들 줄 몰랐었다. 이뿐인가, 시스템의 안정화도 중요했지만 메인서버 자료와 동사무소서버 자료를 일치시키는 작업은 더욱더 중요했다. 주민등록 등·초본 발급, 전·출입 업무를 처리함에 있어 자료가 틀리면 어떻게 될까? 아마도 엄청난 민원이 발생할 것이다.

서울시와 내무부 간 한판 승부, 서울시 KO승!

주민등록전산망이 OPEN되기 몇 개월 전 일이었다. 한번은 토요일인데 동갑내기 내무부 직원(당시 6급)이 "별일 없으면 내무부(현 행정안전부)에 오라."고 했다. 해서 나는 우리팀 직원과 함께 내무부를 방문했는데 알고보니 내무부 직원이 다음 주 월요일에 있을 회의 자료를 만들고 있다면서 서울시에 도움을 요청했던 것이었다.

나는 내무부 직원이 잠깐 자리를 비운 사이 회의탁자에 놓여 있던 회의 자료를 보게 되었다. 그것은 다음 주 월요일에 16개 시·도 '○○과장' 회의 자료였는데 내용을 보니 어처구니없게도 서울시의 문제점(잘못)이 잔뜩 들어 있었다.

그래서 나는 직원에게 "이게 뭐냐?" "이건 좀 너무한 것 아니냐?"고 했는데 이 말을 듣고 있던 내무부 담당과장이 "당신 뭐 하는 사람인데 주말에 남의 사무실에 와서 큰소리냐?"고 했다.

큰소리 친 것도 아니고 그냥 직원한테 한 소리였는데 회의 자료로 인해 기분도 상했고 담당과장이 반말 비슷하게 하여 나는 담당과장한테 이렇게 말했다.(특별히 강조해서)

"저는 서울특별시 주민등록전산망을 담당하고 있는 행정8급 황인동입니다. 나도 주말에 여기 오고 싶지 않았는데 오라고 해서 왔습니다."라고 하자,

과장은 건방지다고 하면서 "서울시가 잘한 게 뭐가 있느냐?"고 대뜸 화를 냈다. 그래서 나는 "그러는 내무부는 뭘 잘한 게 있냐?"고 했다.

그러자 과장은 담당팀장을 향해 월요일 있을 전국 시·도 'ㅇㅇ과장' 회의를 국장회의로 격상시키라고 지시를 내리는 것이다.

그래서 나도 "맘대로 하시라."고 하면서 "회의 자료에 대해 책임을 질 수 있느냐? 내무부가 그렇게 자신 있으면 지금 당장 언론사에 이 자료를 배포하고, 감사원에 제공해서 감사를 받자."고 했다.

이런 실랑이가 10여 분 이상 계속되자 주변의 만류로 나는 전자계산소로 다시 돌아와서 소장님께 보고를 하니 소장님은 "잘했다."고 했다.

그리고 그 다음 주 월요일에 전국 시·도 'ㅇㅇ국장' 회의가 있었다. 이후로도 내무부에서는 주민등록주관 부서가 아닌 전산 관련 국장 주재로 서울시와 회의를 했는데 그 자리에는 이 김주사와 서

울시에 컴퓨터(서버)를 납품한 금성의 담당부장이 참석을 했다. 회의 중 내무부 담당국장이 금성의 담당부장에게 솔직하게 책임 있는 답변을 해 달라고 하면서 "현 상태로 서울시의 주민등록전산망 개통이 가능하겠습니까?"라고 물었고, 금성의 담당부장은 "현 서울시 주민전산망이 불안정해서 개통이 어려울 것 같습니다."라고 답변을 했다. 그러자 담당국장은 더 이상 회의는 무의미하다면서 회의를 끝낸 적도 있었다.

회의는 차츰차츰 격상되어 부시장 회의, 내무부장관(최○○) 주재 전국 시·도지사 회의까지 열리게 되었고, 결국 서울시는 주민등록전산망의 전국 동시개통OPEN에 참여하지 않겠다고 선언을 하게 되어 모 신문 1면에 대서특필되었다. 아마도 이런 제목으로 기억된다.

"주민등록전산망 반국망, 서울시 미참여!" 참으로 통쾌한 보도였다.[1]

서울시 입장은 간단했다. 주민등록전산망이 안정화가 되지 않아 수시로 서버가 DOWN되는 등 장애가 발생하고 있으니 안정

1. 민주 행정 전산망 가동연기 규명 촉구(연합뉴스, 1994.02.18.)
- 전국 주민등록 전산망 가동 지연(연합뉴스, 1994.06.01)
- 7월1일부터 주민 등·초본 온라인 시행(연합뉴스, 1994.06.28.)

화가 이루어진 다음에 개통을 하자는 것이었다. 만약 전국 개통을 해서 서울시 서버가 DOWN되는 등 문제가 발생하면 1,000만 시민이 있는 서울시가 문제에 대한 모든 덤터기를 쓸 게 뻔했기 때문에 서울시는 시스템 안정화가 절대적인 주민등록전산망 전국 개통의 전제 조건이었던 것이었다.

그렇게 해서 서울시 주민등록전산망 개통은 시스템 안정화를 하면서 1단계로 1994년 7월 1일부터는 서울지역 거주자에 한해 주민등록 온라인 서비스를 하게 되었고, 2단계인 전국 온라인 서비스는 1995년 1월부터 하게 되었다.

한편 당시 다 함께 고생하며 주민등록전산망에 참여했던 우리 주민등록 팀원 12명은 30년이 지난 지금까지도 '12마당'이라는 이름으로 친목모임을 하고 있다.

〈**전산분야**〉 - 서울시청(교통관리실에서)

버스, 지하철에 사용하는 교통카드 업무를 담당하다

나는 교통관리실 대중교통과로 2000년 1월 21일 발령을 받았다. 이때 발령은 관련 부서장(과장)들이 상의해서 날 스카우트해서 이루어졌다. 당시 대중교통과에는 교통카드를 담당하고 있던 직원이 오래 근무한 데다 다른 부서로 간다고 해서 그 자리를 채울 전산 경험이 있는 직원이 필요했던 것이었다. 그래서 근무평정(일명 근평)을 보장해 준다고 하면서 날 스카우트한 것이다. 나는 전임자가 타 부서로 전출을 가고 나서야 본격적으로 교통카드 업무를 담당했다.

그곳에서 내가 추진했던 주요업무는 아래와 같다.

첫 번째는 지하철에 신용카드 사용을 대폭 확대(1개→8개)**했다.**

당시 지하철과 시내버스에는 후불교통카드인 국민카드와 서울시버스운송조합에서 발행한 선불교통카드가 사용되고 있었다. 당시 후불교통카드는 국민카드만 사용되고 있었는데 그 이유는 국민카드사가 후불교통카드에 대한 특허권을 보유하고 있었기 때문이었다. 하지만 시민들은 대중교통에 모든 신용카드가 사용될 수 있도록 요구했을 뿐 아니라 신용카드사들도 자사의 카드가 지하철과 시내버스에 사용될 수 있도록 해 달라고 요청했다.[1]

하지만 국민카드사 입장은 달랐다. 자신들의 시장 입지가 줄어들어 이익 침해를 볼 수 있으니 타사의 신용카드가 지하철과 시내버스에 사용되는 것을 받아들일 수 없다는 주장이었다. 하지만 나는 시민들의 들끓는 민원을 등에 업고 중재해 나가기 시작했다. 그것은 대중교통에 신규로 진입하는 신용카드사들의 진입 방법이 논점이었다. 8개 신용카드사의 협상대표들은 주로 과장급이 참석했다.

협상은 아침부터 저녁 늦게까지 했고, 매일 매일이 진이 빠지고 정말 지루하고 힘들었다. 그런데도 나는 이와 같은 중재를 약 10개월간 했다.

상호 간 소송도 많았지만 이 모든 어려움을 이겨 내고 모두가 협상결과에 도장을 찍었을 때 기쁨보다는 허탈감이 더 앞서기도 했다.

1. 후불제 교통카드시장 놓고 카드사 갈등(매일경제, 2001.6.25.)
• 교통카드 특허권 "이전투구"(한국경제, 2001.8.1.)

협상 과정에서 일부 카드사의 담당자는 협상을 불리하게 했다고 해고를 당한 사례도 있었다. 어찌되었건 결국 2002년 2월 1일부터 수도권의 지하철, 서울 시내버스와 마을버스, 공항버스에서 국민카드 하나만 교통카드로 사용되던 것이 BC, 삼성, LG, 외환, 신한, 하나, 한미 등 8개 신용카드가 교통카드로 사용되게 되었다.[2]

두 번째는 지하철과 마을버스 간 환승시스템을 구축했다.

지하철과 마을버스 간 환승시스템은 마을버스를 타고 난 다음에 지하철을 타면 50원을 할인해 주는 제도이다.

당시 지하철과 시내버스 간 환승은 전임자가 추진한 전례가 있어서 그다지 큰 어려움은 없었다. 그래서 지하철, 시내버스, 마을버스에서 지하철과 시내버스로의 환승이 2001년 10월부터 차츰 확대 시행되는 계기가 되었다. [3]

2. "후불제 교통카드" 경쟁체제(한국경제, 2001.7.31)
 • 1일부터 후불식 교통카드 8개로 확대 (한국경제, 2002.2.1)

3. 지하철로 환승 시 교통카드 추가할인(연합뉴스, 2001.9.26.)
 • 마을버스도 환승요금 할인혜택(연합뉴스, 2002.3.5.)
 ※ 일부 해고를 당하신 분들은 당시 최고의 직장을 다니고 계신 분들이었는데 전화위복의 계기가 되셨는지는 모르겠으나 이 책을 통해 정말 죄송하다는 말씀을 드립니다.

〈**전산분야**〉 - 서울시청(감사관실에서)

OPEN시스템 홍보를 위해 베트남, 인도네시아에 출장을 가다

나는 2002년 9월 감사부서인 민원조사담당관실에서 4개월간 근무를 하다가 다시 감사담당관실로 자리를 옮기게 되었다. 옮기게 된 배경은 당시 고건 시장님이 공무원들의 부패를 방지하기 위해 심혈을 기울여 만든 OPEN시스템을 담당할 사람이 필요했기 때문이었다. 이전 담당자가 과거 전자계산소에서 전산 업무를 했던 직원이었는데 타 부서로 전출가기로 되어 있어 불가피하게 전산업무 경험자를 찾다 보니 적임자가 또 나였던 것이다. 그래서 나는 감사관실에서 OPEN SYSTEM 업무를 담당하게 되었다.

OPEN SYSTEM은 한마디로 민원처리 과정에서 발생할 수 있는 공무원들의 부패(급행료 등)를 방지하는 시스템이다.[1]

1. [우리사회 이대론 안 된다] (114) 뇌물공화국(매일경제, 2001.05.24)

구청과 시청에서 처리하는 업무 중 민원인이 민원서류를 제출하면 업무를 처리하는 과정에 공무원이 급행료를 받는 등 민원행정 업무처리에 있어서 부정부패 사례가 종종 발생하기에 OPEN SYSTEM을 통해 사전에 이런 부패를 방지하고 행정의 투명성을 높이기 위해 업무의 처리과정을 모두 실시간으로 홈페이지(인터넷)에 공개했다.

좀 더 자세히 말하면 민원인이 민원서류를 제출하면 민원서류는 민원부서에 접수되고 접수된 민원서류는 해당부서로 이첩되고 민원유형에 따라 담당자, 팀장, 과장, 국장 등의 결재에 따라 처리되는데 접수된 민원서류가 현재 어느 단계에서 처리되고 있는 지를 민원인이 홈페이지를 통해서 확인할 수 있도록 하는 시스템이다.

민원처리 온라인공개시스템OPEN SYSTEM은 1999.4.15. 도입되었고, 공개대상업무는 주택, 건설, 위생 등 54개였다.

그동안 OPEN SYSTEM에 대한 국내 · 외의 평가는 대단했다.

2001년 서울시가 조사한 시정 우수사례에서 최우수 행정사례로 뽑히기도 했고, 2002년에는 제3회 디지털경쟁력 향상대회 '디지털 행정대상'에서 '대상'을 수상하기도 했다. 민원인을 대상으로 한 여론조사에서는 시스템 도입 전에는 공무원들에게 금품을 주었다는 대답이 13~38%에 달했으나 시스템 도입으로 6% 수준으로 대폭 줄어들었다는 조사결과도 나왔고, UN과 공동선언을 채택해 189개 UN회원국에 6개 공식 언어로 번역된 매뉴얼을 보급하기도 했다.[2]

그래서 나는 공개되고 있는 민원업무를 54개에서 90여 개까지 확대하는 데 중점을 두고 업무를 추진했다. 그러나 해당부서에서는 공개업무 확대에 반대가 심했다. 그 이유는 민원처리 담당자는 민원처리가 진행되는 과정을 홈페이지에 수시로 등록을 해야 했고, 등록을 지연하거나 누락을 하면 징계를 받을 수도 있었기 때문이었다.

하여 관련부서와 협업을 통해 16개 업무를 추가로 공개하기로 하고 시스템을 개발하여 2003년 12월 15일부터 총 70개까지 공개대상 업무를 확대했다. 추가로 공개되는 주요업무는 토지거래계약 허가, 건축신고 및 사용승인, 도로점용 허가, 부동산 중개업소 개설등록, 방문판매업 신고 및 변경, 제조담배소매인 지정, 소방시설업 등록, 의료기관 개설 허가 등이었다.[3]

2. 서울시 민원처리공개시스템 반부패회의서 호평(연합뉴스, 1999.10.14.)

3. 서울시 민원처리 '온라인 공개' 확대(경향신문, 2003.12.15.)

OPEN시스템 공개 업무를 확대하는 과정에서도 나는 감사담당관실에 발령을 받은 지 1개월 만에 베트남에 출장을 가서 교육을 하고 돌아오라는 특명도 받았다. 특히 베트남에 출장을 가기까지는 정말 힘든 과정이 있었다. 나는 행정이 이렇게 어려운 것인지를 새삼 알게 되었다.

〈전산분야〉 - 서울시청(감사담당관실에서)

제2기 신교통카드시스템 개통에 참여하다

2004년 7월 1일은 신교통카드시스템이 OPEN한 날이다. 오후 2시쯤에 과장님이 내게 와서 하시는 말씀이,

"황 주임 지금 뭐 하고 있어?"

"특별한 것 없으면 나랑 '한국스마트카드사KSCC'[1] 에 갔다 올까?"라고 했다.

KSCC에 가게 된 이유는 다음 날부터 본격적으로 신교통카드시스템을 OPEN하는 날이어서였다. 7월 1일은 개통 첫날이라 지하철을 무료로 운행하여 7월 2일이 실질적으로 OPEN하는 날이었기 때문에 점검이 반드시 필요했다. KSCC에 가보니 관계자들이

1. 한국스마트카드(KSCC)사는 서울시 신교통카드 시스템을 개발·운영하는 업체이다.

분야별로 과장님께 그간의 진행과정에 대해 보고를 했다. 옆에서 보고내용을 들어 보니 참으로 황당한 일들이 벌어지고 있었다. 이대로는 내일 신교통카드시스템을 OPEN하면 큰일이 벌어질 것 같아서 중간에 내가 나서서 이것저것 몇 가지를 물어보고 과장님께 빨리 시청으로 돌아가서 시장님께 내일 OPEN을 하면 안 된다고 보고하자고 했다.

나는 돌아오는 길에 과장님께 과거 교통카드 업무담당자로서 지금의 문제점이 무엇인지에 대해 소상히 말씀을 드렸다. 그래서 시청에 돌아오자마자 과장님 방에서 함께 긴급으로 보고서를 만들었고 과장님은 시장님께 "7월 2일(내일) OPEN은 연기하는 것이 좋겠다."고 직보를 하게 되었다.

그렇지만 시장님은 연기는 불가하다며 대신 전 직원을 비상 대기시키고 비상 대기 총괄부서는 행정국 인사과가 담당하게 하였다. 그래서 나는 인사과에 가서 인사과장님과 함께 회의 자료를 만들고 회의 시 안내를 했다.

회의의 취지와 내용은 이랬다. '이미 엎질러진 물 내일 최악의 상황만이라도 피해 보자'는 것이었다. 다시 말해 '모든 시내버스에 설치된 단말기에 요금테이블이 정상적으로 설치되어 있는지 알 수 없으니 우선은 모든 버스가 차고지로 들어오도록 하고, 만약에 버스가 막차 운행을 마치고 차고지에 들어오지 않으면 새벽에 해당 버스는 배차하지 말라'는 내용이었다.

정말 급박한 상황이었다.

그 이유는 이러했다. 내일 새벽에 버스가 첫 운행을 시작할 때에는 모든 버스에는 최신의 버스요금테이블이 설치돼 있어야 하는데 무선으로 요금테이블을 갱신하는 것은 버스가 차고지에 들어와야 가능한 것이었다. 그런데 많은 버스들이 막차 운행을 마치면 버스를 버스차고지에 주차하는 것이 아니라 주변 인근 도로나 공터에 주차를 하고 그다음 날 새벽에 바로 버스를 운행하는 경우가 있었다. 그럴 경우 잘못된 버스요금테이블이 설치된 상태로 운행을 하게 되어 버스요금이 엉터리로 나올 수 있었다. GPS좌표에 의해 설정된 요금테이블의 정확도는 둘째 치더라도 우선은 인근 공터나 도로에 주차를 하는 버스는 반드시 버스가 차고지로 들어오도록 한 다음에 배차를 해야만 그나마 최신 버스요금테이블을 다운로드받을 수 있었다. 따라서 버스가 차고지에 들어오는 것이 정말 중요했다.

그러한 이유로 500여 공무원들이 7월 1일 밤 10시경에 버스차고지에 나가게 되었는데도 불구하고 7월 2일 OPEN과 동시에 대

혼란이 발생했던 것이다.[2] 이미 예상했던 대로 버스, 지하철 등 요금이 엉망으로 나왔기에 많은 방송국과 신문들이 대서특필을 하게 되었다. 요금이 엉터리로 나오게 된 것은 버스에 요금테이블이 오래된 것이었거나 요금테이블 정보(GPS좌표 등)가 엉망이었기 때문이었다.

그때부터 나는 감사관의 특명을 받아 별도로 움직이기 시작했다. 매일같이 오전에 전산직 여직원과 함께 KSCC를 방문하여 '전날까지 발생된 문제점이 얼마나 보완되었는지' '새로운 문제점은 없는지'를 점검하고 사무실로 돌아와서 '감사관에게 직보(과장, 팀장을 건너뛰고 보고)'를 했다. 직보는 KSCC에서 점검을 마치고 돌아와서 오후 4~5시경부터 1~2시간 정도 이루어졌는데 통상 보고는 출장보고서를 작성해서 보고를 해야 했으나 사안이 워낙 급박하고 중요하기 때문에 그냥 구두로 보고했고 감사관은 자기가 이해될 때까지 A4용지에 그림을 그려 가면서 설명을 해 달라고 했다. 그리고는 어느 정도 이해가 되면 수고했다고 하면서 시간이 되면 형식에 관계없이 간략히 메모형식도 좋으니 요점만 정리해 달라고 하였다.

요점을 정리해서 주는 시간은 통상 저녁 6~7시 사이였고 감사

2. 신교통카드 시스템 '졸속 행정' 문제 드러나 (머니투데이. 2004.7.2)
• 서울시, 교통카드 부당요금 '전액보상'(머니투데이. 2004.7.3)

관은 8시와 10시 이후에 하는 대책회의에 갔다. 우리 팀은 감사관이 8시 대책회의에 가면 그제서야 저녁식사를 했고 10시 이후 마지막 대책회의가 끝나면 대체로 11~12시가 되었는데 그럴 때면 지하철은 이미 끊겨 택시를 타고 집에 가는 날이 비일비재했다. 나는 집이 안산인지라 택시비가 매일 3~4만 원 정도 나왔다.

이런 날이 지속되자 감사관은 이 김주사만큼은 자신이 마지막 회의를 가게 되면 퇴근하라고 했다. 그렇지만 난 그럴 수가 없었다. 지금 와서 생각해 보면 무슨 생각으로 버텼는지? 그저 택시비 버는 게 남는 것이었는데 말이다.

나는 택시비를 조금이라도 절약하기 위해 별 지랄을 다 했다. 전철이 끊겼으니 일단은 사당역까지 택시를 타고 가다가 사당에서 군포까지는 심야 좌석버스로 바꿔 타고 군포에서 안산까지는 목숨을 담보로 시속 100~130km 이상 달리는 총알택시를(4명이 합승) 타기도 했다. 그렇게 하면 약 10,000~15,000원 정도 절약되었다. 하지만 안산까지 가는 데 걸리는 시간은 약 30분 이상 더 걸렸다. 집에 도착하면 평균 1시에서 2시였고 3~4시간 자고 또 출근을 했다. 이렇게 2개월 정도를 보냈다.

하여간 당시 이명박 시장이 서울 시민들께 사과도 했지만 신교통카드 시스템은 세계적인 시스템으로 발전되어 외국에 수출까지

하는 혁신적인 모범사례가 되었다. [3]

이와 같은 성공사례는 무리한 사업을 뚝심으로 밀어붙이는 시장님의 결단도 있었겠지만 서울시 모든 공무원들이 하나가 되어 점검에 참여하고 서울 시민들이 함께했기에 가능했다고 생각한다. 하지만 이러한 성과가 성숙된 시민의식과 공무원들의 숨은 노력보다는 시장의 공로로만 비추어지는 것 같아 아쉬움이 남기도 한다.

---

3. 이 시장 "불편과 심려를 끼쳐 사과한다"(머니투데이, 2004.7.4)
 • [특집-IT 신시장 ITS] 서울시 신 대중교통시스템 성공사례(디지털타임스, 2005.12.21)

〈전산분야〉 - 서울시청(또다시 교통관리실에서)

사무관으로 내정되고 교통 관련 부서의 ITS팀장으로 첫 보직을 받다

나는 역량평가를 통해 사무관으로 내정(승진예정)되면서 교통관리실의 ITS팀장으로 2010년 3월 1일 첫 보직을 받았다.

발령을 받고 자리에 앉아 보니 정말 낯선 느낌이 들었다. 직원들이 와서 인사를 하니 사무관으로서 차츰 실감이 나기 시작했고, 이제 내게도 부하직원이 생겼구나 하는 뿌듯함도 있었다. 그리고 과장, 국장 주재 팀장회의에 참석하다 보니 더욱더 실감이 나면서 서서히 책임감이 들기 시작했다.

우리 팀에서 하는 일은 신교통카드시스템을 총괄하는 것이었다. 좀 더 자세히 말하면 지하철, 버스, 택시에 적용되는 카드시스템을 개발하고 유지보수를 하고 있는 한국스마트카드사KSCC를 지도 감독하는 것이 주 업무였다. 즉, 예전에 김주사가 했던 업무를 이제는 직접 관리하며 총괄하게 된 것이다.

또한 지하철 게이트, 충전기, 정산기의 성능개선과 유지보수업무도 담당했다. 수도권 대중교통 요금 인상 시 이를 시스템에 적용하는 일도 했다. 특히 수도권에서 대중교통 요금이 인상되면 엄청난 준비과정을 거친다. 서울시, 경기도, 인천시 어느 한 곳이라도 버스나 지하철 요금이 인상되면 수도권 모든 지하철, 버스, 마을버스 단말기에 이를 적용해야 한다. 그렇게 하는 것은 서울시가 수도권의 통합요금정산시스템을 구축했기 때문이다.

이를 위해서 당시에는 보통 6개월 전부터 단계별로 수도권 지자체와 협의하고 수십 명이 사전준비를 하게 된다. 시험과정에서 약 360개의 요금(경우의 수)이 정상적으로 적용되는지를 하나하나 테스트하게 되는데 이는 수도권의 모든 지하철, 버스, 마을버스가 환승을 하는 관계로 그만큼 경우의 수가 많은 것이었다. 단계별로 사전에 테스트 결과 어느 하나라도 실패를 하게 되면 지정된 날짜에 요금을 적용할 수 없게 된다.

이밖에도 우리 팀은 지하철 이용 승객과 외국인 관광객이 늘어나게 됨에 따라 지하철역에 설치된 승차권 발권기와 충전기 개선작업, 게이트 속도개선, 택시 교통카드시스템 개선 등도 했다.

어쩌다
늘공이 된
김주사

/ 제3장 /

에피소드

○○○

공직생활을 하다 보면 이런저런 일들이 벌어진다. 김주사도 공직생활 36년을 하면서 직접 경험했던 에피소드 몇 개를 소개하고자 한다.

- 나는 본의 아니게 빽 있는 놈으로 통했다
- 데이트를 신청할 뻔했던 여직원이 청첩장을…
- 관리자를 놀려먹는 직원들
- 연수복에 얽힌 충격적인 일들?
- 업무가 바빠서 베트남과 업무협의를 한국어로 하다
- 출국심사가 거절되어 다음 날 혼자서 일본 출장을~
- 김주사가 잠사나마 북한인이 되었다
- 신발을 바꿔 신은 황당한 일이 벌어진 덕분인지 사무관 진급을 했다

나는 본의 아니게
빽 있는 놈으로 통했다

9급 시절 2개월짜리 전산전문과정 교육 중에 나는 강남구에 있는 서울시 자동차관리사업소(現 서울시 시립병원 부지)로 1985년 11월 11일 발령을 받게 되었다.

이것이 내게는 두 번째 인사발령이었고 자동차관리사업소가 뭐하는 곳인지도 몰랐지만 나중에 그곳에 전산실이 있다는 것을 알고는 너무도 기뻤다. '나도 이제부터 내가 그토록 원했던 전산업무를 본격적으로 할 수 있겠구나?'라고 생각하니 기분이 절로 좋아졌다.

이곳에 근무하고 있는 선배들은 기라성 같은 분들이었다. 워낙 이권과 비리가 많아서 청렴한 공무원들과 온갖 빽을 동원해서 오는 사람들이 대부분이었기 때문이다.

공직생활 1년 10개월이 전부인 김주사가 이곳에 온 것은 전산에 미쳐 있었고 교육점수도 좋고 해서 얼떨결에 발령을 받아서 가능했던 것이지만 그곳에서 근무하고 있는 사람들 입장에서는 무슨 빽을 가지고 있어서 공직생활 2년도 안 된 놈이 이곳에 왔나 했을 것이다. 나는 한마디로 쥐뿔도 없는 거시기 두 쪽밖에 없는 별 볼 일 없는 놈인데 말이다.

자동차관리사업소에서의 나의 공무원 생활은 신선한 충격과 놀라움 그 자체였으며 엄청난 관운이 따르는 별천지였다. 18시에 업무가 끝나면 일부 직원들은 무슨 돈이 있다고 하루도 빠지지 않고 고스톱을 치는지 하나의 놀이처럼 일상화되어 있었지만 난 야간 대학교 외에는 아무것도 모르는 범생이에 불과했다.

이곳은 이권이 많은 곳이라 많은 선배들이 뇌물로 옷을 벗고 감옥에 가는 것을 볼 때마다 너무도 안타까웠다. 그럼에도 불구하고 많은 직원들은 자동차 등록업무를 하고 싶어 했다. 각종 비리가 발생되고, 효율적인 업무처리를 위해 자동차 등록업무는 구청으로 이관되었다.[1]

김주사는 빽도 없고 별 볼 일 없는 놈이라고 확인이 된 다음에서

---

1. 구청, 동사무소에서도 자동차등록업무 안내(연합뉴스, 1991.5.1)

야 6개월 만에 전산팀에서 일을 하게 되었다.

우리 전산실은 6급 팀장님과 나를 포함해서 총 5명(남5, 여1)이 근무를 했는데 민원업무를 하지 않기 때문에 이권과는 거리가 멀었다. 한마디로 별 볼 일 없는 개털부서였다.

근무시간 중에는 자동차 등록, 이전, 말소 등 대부분의 업무들이 온라인으로 실시간 처리되고 있는 것을 모니터링 하고 문제가 있으면 즉시 조치하는 등의 일을 하고, 주·야간에는 주로 자동차세 고지서 등을 대형프린터로 출력하는 일을 했는데 나는 이런 상황을 보고 정말 감탄했다. 더욱더 놀란 것은 COBOL로 개발된 수백 개의 프로그램 중 대부분을 행정직 공무원이 직접 개발을 했다는 것을 알고서 더욱더 놀랐다.

그래서 나는 다짐을 했다.

"내가 여기에 있는 동안에는 이미 개발된 프로그램의 개발자 이름을 내 이름으로 하나씩 바꿔놓겠다."고 말이다. 하지만 얼마 지나지 않아서 나는 서울시청에 행정전산망을 추진하는 새로운 부서로 차출되어 그 다짐은 다짐으로 끝나고 말았다. 그렇지만 나름 성과도 있었다. 나도 비록 온라인 프로그램은 아니지만 배치(일괄처리)성 프로그램 개발에 참여하게 되었고 2개나 개발을 했기 때문이다.

데이트를 신청할 뻔했던 여직원이 청첩장을…

공무원 생활 2년도 채 안 된 내가 기라성 같은 공무원들이 근무하는 자동차관리사업소에 발령 난 것도 꿈만 같았는데 그렇게 꿈꾸던 전산업무를 하게 되니 자동차관리사업소는 내게 꿈을 심어 주는 그런 곳이었다.

야간 대학도 다니게 되었고, 점심 때는 탁구도 치고, 내 맘에 드는 참하고 여성스러운 동갑내기 여자 주임님도 있었고, 가끔 내 책상 서랍에 쪽지를 넣어 두며 내게 들이대는 여성도 있었기 때문이다. 한번은 대학교 축제에 커플모임 행사가 있어서 동갑내기 여자 주임님과 같이 갔으면 좋겠다고 생각하고 용기를 내서 학교 가는 길에 두 번이나 전화를 했는데 연락이 되지 않았다. 정말 아쉬웠지만 그게 끝이었다. 그런데 다음날 그 여자 주임이 결혼한다는 청첩장이 돌고 있었다. 덴장! 만약 전화가 되어서 축제에 같이 가

자고 했을 때 여자 주임님은 어떤 반응을 보였을까? 그리고 난 또 어떻게 했을까를 생각해 보면 전화가 안 되길 정말 잘되었다고 생각했다.

인연은 따로 있다고 그해(대학 2학년, 27세) 난 부모님의 간청에 못 이겨 처음으로 선을 보게 되었고 첫눈에 반해 2달 만에 약혼식을 하고, 2년 후인 1988년 봄에 결혼을 했다.

관리자를 놀려먹는 직원들

8급 시절 서울시청 전산담당관실 내에 행정전산망 추진반이 신설돼서 이 김주사를 포함해서 3~4명이 파견을 가게 되었다. 당시 추진반장은 사무관으로 나이는 50대 중반쯤 되었고 이름은 내 이름과 비슷한 '황인봉'이었다. 그리고 6, 7급 선배들이 서너 명 있었는데 우리는 얼마 안 가 다시 민간기업체인 데이콤으로 파견을 갔다. 이 이야기는 파견 가기 전까지 짧은 기간 동안에 있었던 일이다.

선배들이 나를 부를 때 '황인동' 또는 '황 주사'로 부르는 게 아니고 꼭 '황인봉'이라고 부르는 것이었다. 처음에는 내가 발령 받아 온 지 얼마 안 돼서 이름을 몰라서 또는 반장님 이름과 비슷해서 헷갈려 그렇게 부르는 게 아닌가 싶었다. 그런데 부를 때마다 "황인봉"이라고 하는 것이었다. 그것도 반장님이 있는 자리에서 큰 소리로 부르는 경우도 있었다. 심지어는 "야! 황인봉 너 이리로 와

봐."라고 할 때도 있었다. 그러면서 일부 선배들은 낄낄대는 것이었다. 그때서야 알았다. '아~~ 선배들이 내 이름을 가지고 반장님을 놀리고 있구나?'라고. 한편으론 나도 웃음이 나왔지만 황당하기도 했고 정말 못된 선배들이라고 생각했다.

그런데 황인봉 반장님은 정말 인자하고 성격도 좋으신 분이었다. 나는 관리자가 잘해야 부하직원한테 놀림을 받지 않고, 이름이 비슷한 사람과 같이 근무하지 않는 관운도 있을 것 같다는 생각이 들었으나 황인봉 반장님은 부하직원들이 나를 '황인봉'이라고 부르는 것을 알면서도 웃으며 넘어가는 것 같아 보였다. 이런 모습을 보고 나는 또 하나 배웠다.

"관리자의 여유로움과 웃어넘길 줄 아는 센스를…."

〈김주사유머〉

- 당시 6급 이하 공무원들의 호칭은 '주사'로, 기관에 따라 5급과 6급은 '계장'으로 불렀다. 그래서 공무원을 놀리는 성씨들도 있었다.
  ※ 양씨(양계장, 양주사), 안씨(안주사), 소씨(소주사)

- 금천구 미래발전추진단장으로 근무할 때 추진단 소속 부서에 'ㅇ선배' 팀장(6급)이 있었다. 이름을 부를 때마다 '선배님' 또는 '선배 팀장님'이라고 불러야 해서 거시기 했다.ㅋㅋㅋ

연수복에 얽힌 충격적인 일들?

1997년 당시 서울시공무원교육원에서 하는 신규 9급 교육과정은 4주간 실시되었다. 통근교육 3주를 하고 나면 1주간은 합숙교육을 했다. 합숙교육을 할 때에는 교육원에서 지급되는 연수복을 입고 교육을 받고 10여 명 내외로 조를 편성해 공무원과 관련된 역할연극을 하는 시간도 있었다. 연극을 발표할 때면 교육원 간부님들을 모시고 평가도 하고 시상도 한다. 연극은 주로 공무원 생활을 하면서 겪었던 일들을 주제로 했다.

예를 들면
'민원인들과 다투었던 일'
'간부들의 갑질' 등이 대부분이었다.

한번은 어떤 조가 '연수복'에 대한 내용으로 역할연극을 했는데 내용은 이랬다. '합숙을 하던 중 배가 고파 사감(합숙 총책임자) 몰래 몇 명이 교육원 산을 넘어 인근 슈퍼에 먹을 것을 사러 갔는데 불행하게도 모두들 경찰에 붙잡혔다. 사유인즉 슈퍼 주인이 교도소에서 죄수들이 탈옥했다는 신고를 해서 체포됐다.'는 내용이었다.

다들 재미있게 웃으면서 연극을 봤지만 자세히 내용을 들여다보니 교육원을 비판하는 정말 충격적인 내용이었던 것이었다. 당시 합숙생들이 입는 연수복은 색깔만 조금 다를 뿐 정말 죄수복과 거의 흡사했다.

이 연극은 합숙생의 연수복을 바꾸는 계기가 되었다. 연수복 관리 또한 김주사 담당이었다. 그래서 나는 결심했다. "이번 기회에 연수복을 획기적으로 바꿔 보자! 제복이 아닌 상하 모두 트레이닝복으로 바꾸자."고 팀장님을 설득했다. 울 팀장님도 나와 같은 학과(윗사람한테 아부할 줄도 모르고, 성격도 독특한 일명 또라이 내지 4차원)여서 말은 금방 통했다.

하지만 관리자들의 무언의 갑질 등 우여곡절 끝에도 죄수복 같은 연수복은 트레이닝 형태의 연수복으로 바뀌게 되었다. 그리고 나는 2년 만에 아쉬운 교육원 생활을 마감하고 시청에 신설부서가 만들어지면서 또 차출되어 시청으로 가게 되었다.

업무가 바빠서
베트남과 업무협의를 한국어로 하다

2003년 1월 감사과에 온 지 1개월 만에 베트남에 가서 OPEN시스템에 대한 교육을 하고 오라는 명령을 받았다. 한편으론 외국에 처음 가는 출장이라 정말 설레기도 하고 기분이 좋았으나 또 한편으론 짧은 준비기간에 일부 예산은 외부기관의 지원을 받아 가기 때문에 출장완료보고서도 추가로 영문으로 작성해 제출해야 돼서 어디서부터 준비를 해야 할지 정말 답답했다.

계획도 수립하고 해외출장 심사도 받아야 하고 언어(영어 등)도 안 되는 베트남과 교육에 대한 협의(교육대상, 장소, 일시, 장비확보, 인터넷 환경, 통역 등)도 해야 하고, 항공권 구매 등 출국과 입국에 따른 준비도 해야 하고, 더욱이나 일정비용은 민간단체의 지원금을 받아서 가는 관계로 복잡한 회계처리 등 정말 할 일이 많았다.

할 일은 많고 일은 안 되고 수십 번을 포기하고 싶은 심정이었지만 그럴 수 없었고 거의 날밤을 새 가면서 준비를 했다. 준비하는 과정에서 베트남 호치민시와 협의를 해야 하는데 협의는 메일을 통해 영어로 연락을 주고받는 방식으로 진행했으나 나는 영어가 깡통인지라 주변사람의 도움을 받아 가면서 아주 짧은 영어로 베트남과 협의를 하곤 했다.

한번은 베트남에서 우리 출장계획서를 보내 달라는 요청이 있었다. 그런데 많은 분량의 계획서를 영어로 번역해서 보낸다고 생각하니 엄두가 나지 않았다.

그래서 나는 '통 크게 맘을 먹고 그냥 한글로' 보내 버렸다. 외국과의 관례도 있었지만 나는 업무를 빨리빨리 처리하는 것이 더 중요하다고 생각해서 한글로 보냈던 것이다. 나중에 현지에 가서 들은 얘기지만 베트남에서 IT전문가에 한글을 아는 통역사 찾기가 너무 힘들었고 통역비도 1일 한화로 10만 원 정도 들었다 했다.

어찌되었건 나는 처음으로 대학교수를 포함, 4명과 베트남에 4박 5일간(2003.2.19-2.23) 출장을 가게 되었다. 베트남 호치민시 공항에서 난 정말로 놀랐다. 버스에 통역사라고 하면서 올라온 여자 분이 우리나라 탤런트 이영자 씨와 99% 모습과 행동, 말투까지 같았기 때문이었다.

특히나 이영자 씨는 내가 좋아하는 코미디언이었기에 더욱 놀랐다. 순간 난 '이영자 씨가 여기 왜 올라오지?' '지금 코미디 프로그램 촬영 중인가?'라고 착각했다.

하지만 통역사는 한국인이었고 호치민시에서 거주하고 있는 정말 매력 있고 실력이 대단한 분이었다.

베트남의 인터넷 환경은 정말 최악이었지만 우리는 교육을 무사히 마치고 호치민시의 간부(구청장, 부구청장)들과 저녁 만찬을 하게 되었는데 이번에도 정말 놀랄 일이 있었다. 우리나라의 구청장쯤 되는 분이 30대 초반쯤 보였기 때문이었다. 그래서 주변사람에게 물어봤더니 베트남은 공산국가라 "총만 잘 쏘면 간부가 된다."고 했다.

베트남에서의 권력 순위는 당 간부, 군인, 경찰, 공무원 순이라고 귀띔을 해 주기도 했고 문화도 한국과 비슷한 점이 많았다. 특히 음식점에 노래방 기기가 설치되어 있어 다들 흥이 나 노래를 한 곡씩 불렀는데 이 김주사가 부른 '망부석' 노래가 베트남에도 있다고 하면서 베트남 공무원이 불렀는데 한국 노래와 정말 흡사했다. 한국인에 대한 평가는 생각보다 좋았고 나는 많은 경험을 하고 돌아왔다.

출국심사가 거절되어 다음 날 혼자서 일본 출장을~

나는 정말 어렵게 경기도 수원시에 있는 국가공무원교육원에서 2개월간 합숙하는 일본어과정 교육을 갔다. 그리고 교육이 마무리 될쯤 일본에 7박 8일간(2006.10.20~10.27) 해외연수를 가게 되었다. 연수의 목적은 편의점에 가서 물건 사기, 일본인하고 대화하기 등 교육프로그램의 일종이었다. 교육생 9명은 인천공항에서 다들 문제없이 출국심사를 마쳤는데 나만 출국심사가 거부되었다. 내용인즉 내 여권에 문제가 있었던 것이었다. 내가 2003년 베트남과 인도네시아 출장을 갔을 때 관용여권을 사용했는데 그 여권을 찾다가 없어서 착실하게도 분실신고를 했고 출국심사 때 분실신고를 했던 그 관용여권을 사용한 것이 문제가 되었던 것이었다.

그래서 모두들 일본으로 해외 연수를 떠났지만 나 혼자만 쓸쓸하게 인천공항을 나왔다. 창피하기도 했지만 기어코 나 혼자서라도 일본을 가기로 마음먹고 주변 지인들의 도움으로 다행히 다음 날 출국을 하게 되었다.

출국까지의 과정은 기적에 가까웠다. 여권 발급은 구청에서 하는데 구청 여기저기에 전화를 해서 여권발급 소요기간을 알아보니 통상 1주일가량 걸리는데 아무리 긴급으로 발급한다 해도 3~4일이 걸린다고 했다. 하지만 나는 그날 정말 정말 어렵게 일반여권을 발급받았고 비행기표도 마련하여 다음 날 무사히 출국을 하게 되었다. 분실신고는 왜 했고 잃어버린 관용여권은 또 어디서 찾았기에 이런 일이 벌어졌는지? 참으로 황당한 일이었다.

일본에서 호텔까지 찾아가는 데도 험난했다. 비행기에서, 도로에서, 지하철에서 수도 없이 말도 안 되는 일본어로 일본인에게 묻고 또 물어서 동료들이 묵고 있는 호텔까지 혼자서 찾아갔다. 동료들을 만날 때는 너무도 반가웠다. 이산가족 상봉을 한 기분이 이런 게 아닐까 싶을 정도로 반가웠다. 공항에서 ○○호텔까지 가는 데 약 1시간이면 될 것을 2시간 넘게 걸려서 도착했다. 나는 비행기에서 내려 호텔까지 가면서 약 50여 명에게 길을 물었던 것 같았다. 정말 제대로 된 현장교육을 경험했다.

일본연수는 나름 재미있었다. 편의점에 가서 물건도 사 보고, 유원지 매표소에 가서 입장권도 끊어 보고, 온천도 하는 등 즐거운 시간이었다.

김주사가 잠시나마 북한인이 되었다

한번은 과장님과 함께 2009년 10월 23일~10월 28일까지 카타르 도하에서 열리는 교통관련 국제회의에 참석하게 되었는데 황당한 일이 벌어졌다.

카타르 도하까지 장장 10시간 이상 비행기를 타야 하는 아주 지루한 출장이었다. 기내에서 신문도 보고, 영화도 보고 했지만 좀처럼 시간이 가지 않았다. 그러던 차에 여권과 함께 있던 비자발급 내용(프린트된 용지)을 보게 되었는데 참으로 황당한 내용이 쓰여 있었다. 내 국적이 '한국'이 아닌 '북한North Korea'으로 되어 있었던 것이었다. 나는 너무도 황당해서 별 생각이 다 들었다. 과거 일본 갔을 때 관용여권 때문에 동료들과 당일 출국을 못 하고 다음 날 나 혼자서 일본에 갔던 기억도 나고 혹시 카타르 도하에 도착하면….

'입국심사에 또 걸려서 나만 홀로 남게 되는 건 아닌지?'

'남게 되면 나는 또 어떻게 해야 되는지?'

'영어도 못하는데 통역은 어떻게 해야 되는지?' 등 별별 생각이 다 들었다.

그래서 기내에서 휴대폰으로 한국의 여행사를 통해 확인을 요청했다. 그러나 여행사에서는 카타르 도하에 확인하니 국제회의 관련 기관이 휴일이라 지금으로서는 확인할 수 있는 방법이 없다는 말과 함께 일단은 카타르 도하에 가서 사정얘기를 하면 아마도 비자를 다시 발급해 주실 거라는 추측성 답변만 듣고 카타르 도하로 갈 수밖에 없었다.

다행스럽게도 우리 과장님이 나이는 많았어도 명색이 고시출신이라 영어를 조금 했다는 게 위안이 되었다. 그리고 도하에 도착해서 사정얘기를 하니 잠깐 기다리라고 해서 기다렸는데 그동안에도 별 생각이 다 들었다. 그러기를 약 1시간쯤 지나자 담당자가 나와서 비자 재발급 비용으로 100달러를 달라고 해서 재발급받았다. 어쨌건 생돈 약 10만 원이 날아갔지만 한편으로 김주사의 카타르 도하 출장은 이렇게 황당한 추억을 만들어 주었다. 즉, 내가 한국인에서 북한인으로, 다시 한국인으로 되었다는 것이었다.

신발을 바꿔 신은 황당한 일이 벌어진 덕분인지 사무관 진급을 했다

서울시공무원교육원에서 사무관 진급시험인 역량평가 시험이 끝나고 난 다음 우리 조 6명은 스트레스도 풀 겸 교육원 인근에서 점심과 함께 막걸리를 들이키면서 시험에 대해 이런저런 얘기를 했는데 다들 시험이 어렵다는 등 불만들이 많았다.

그리고 두어 시간이 지난 다음 집에 가기 위해 나오는데 내 구두가 보이질 않았다. 아무리 찾아도 보이질 않아 식당 주인도 찾아봤지만 내 신발을 찾지 못했다. 내 구두는 250cm 검정색에 2년 동안 한 번도 닦지 않은 아주 낡은 구두였는데, 내 구두는 보이질 않고 이상한 구두 한 켤레만 남아 있었다. 남아 있는 구두는 밤색에 꽃무늬가 있고 제비들이 좋아하는 스타일에 270cm나 되는 아주 큼직한 구두였다. 식당 주인은 내게 이렇게 말했다. "나중에 누군가 연락이 오면 연락을 드릴 테니 이 신발이라도 신고 가세요."라고 말이다. 나는 할 수 없이 내 연락처를 드리고 그 신발을 신고 갈 수 밖에 없었다. 신발을 신고 보니 너무도 크고 어울리지도 않았다.

그런데 옆에 있던 누군가가 갑자기 이렇게 말을 했다.

"황 형! 축하합니다."

"황 형! 승진을 축하드립니다."라고 말을 했다.

내가 "그게 무슨 말이냐?"고 했더니

"이것은 아주 좋은 징조입니다."

"신분 상승을 뜻하는 것이니 분명 승진할 것입니다."라고 재차 말을 했다. 그랬더니 모두들 덩달아 축하한다고들 해서 모두들 한바탕 웃었다.

신발끈을 조여도 신발은 너무 커서 자주 벗겨졌지만 나는 어쩔 수 없이 신발을 질질 끌면서 집에까지 왔다. 그리고 혹시나 나중에라도 식당에서 연락이 올지도 몰라서 사진을 찍고 보관을 해 두었지만 끝내 주인은 나타나지 않았다.

나는 내심 주인이 나타나지 않기를 바랐다. 만약 주인이 나타나 신발을 찾아가면 승진을 못 할 수 있다는 생각마저 들었기 때문이다. ㅋㅋㅋ

그런데 놀랍고 안타까운 일이 일어났다. 같이 술을 먹던 6명 중 유일하게 나만 역량평가 시험을 통과했던 것이었다. 몽땅 신발이 없어졌으면 모두들 시험에 통과되었을 텐데…. 너무도 아쉬웠다.

누군가 내 신발을 신고 식당에 남겨 놓고 간 신발

어쩌다
늘공이 된
김주사

/ 제4장 /

관리자의 배신과 갑질들

○○○

갑질의 대상이나 갑질의 강도는 사람마다 다를 수 있다. 갑질은 직장 동료로부터 당할 수도 있겠으나 아마 상사로부터 당하는 경우가 대부분일 것이다. 갑질의 강도 또한 당하는 사람에 따라 천차만별일 것이다. 어떤 사람은 웬만하면 갑질이라고 생각하지 않을 수도 있지만 소심한 사람은 아주 사소한 일에도 갑질이라고 여길 수 있다. 김주사도 36년 동안 근무를 하면서 나름 갑질을 당한 사례가 있는데, 보는 시각에 따라 다를 수 있다는 점을 고려해 읽어 주었으면 한다.

- 관리자의 치졸한 갑질! 그리고 피눈물!
- 관리자의 때려잡자는 감사(?) 정말 잘했다
- 타 부서 전출을 못 가게 하는 관리자의 갑질!
- 아이디어를 도용하는 뻔뻔한 갑질!
- 이유도 모르는 관리자의 인격모독에 살인의 충동을 느꼈다

관리자의 치졸한 갑질!
그리고 피눈물!

주민등록전산화 사업은 내 공직생활 36년 중 보람도 있었지만 가장 힘든 일이었다. 1994년 7월 1일 OPEN하기 3개월 전부터 약 2개월간은 주 1~2회만 집에 들어갔다. OPEN 후 3주쯤 지나서는 전산실에서 쓰러져 몸의 반쪽에 마비 증세까지 오는 등 정신적, 육체적으로 정말 최악이었지만 그래도 우리 팀 12명 모두가 혼신의 힘을 다해 주민등록전산화를 성공적으로 OPEN하는 등 업무를 마무리했다.

그 결과 주민등록전산화 사업에 고생한 직원들에 대한 특진이 있다고 서울시에서 추천을 하라는 말이 내려왔다. '○○부장'은 나를 추천했는데, 시간이 지나도 아무런 소식이 없었다. 알아보니 누군가(?) 특진명단을 서울시에 올리지 말라고 했다는 것이었다.

정말 하늘이 무너지는 느낌이 들었다. 매일같이 1~2시간씩 회의를 하고 집에도 들어가지 못하고 죽어라고 일만 하다가 쓰러지기까지 했는데…. '과연 그분이 그런 말을 했을까?' 의심도 했지만 들리는 소문엔 모 구청에 아주 좋은 자리가 비어 있어 주민등록전산망 사업의 성과를 가지고 그 자리로 가기 위해 특진명단을 서울시에 올리지 말라고 했다는 것이었다. 그리고 결론적으로 그분은 그 소문대로 그 자리로 옮겨 갔다.

그러면서 나한테 한마디 하고는 떠났는데 "내가 당신한테 빚지고 간다."라고. 나는 정말 구역질이 났다. 그 정도는 되어야 그 좋은 자리로 갈 수 있는 것인지 한편으론 불쌍하기도 했다.

하루는 전철을 타고 집에 가다가 허리도 안 좋고 마비 증세까지 있어서 몸이 너무 힘들어 노약자석에 잠깐 앉아가는데 60대 중반쯤 된 어르신 두세 분이 내 앞에 와서는 자리를 안 비켜 준다고 하면서 "요즘 젊은 놈의 새끼들은 예의범절도 모른다"면서 욕을 한 적이 있었다. 어쩔 수 없이 자리를 비켜 주고 옆에 기대어 가는데….

그때 정말 이상한 충동을 느꼈다.

내가 왜 그런 충동을 느꼈는지 나도 알 수가 없었다.

그것은 '이 영감들을 모조리 죽여 버리고 싶다'는 생각이었다.

난 속으로 중얼거렸다.
'당신들이 지금 내가 어떤 상황인지 아느냐?'
'나는 당신들을 위해 죽어라고 일만 하다 반병신이 됐다.'
'몸이 너무 안 좋아 노약자석이 비어 있어서 앉은 게 그렇게도 아니꼽더냐?'
'이 자리는 노인들만 앉는 자리가 아니고 약자들도 앉는 자리다.' 등등….

관리자에게 배신당하고, 당신들을 위해 밤낮으로 일만 하다가 지금은 몸 한쪽이 마비가 와서 반병신이 되어 '노약자석'에 좀 앉아 있다고 욕을 먹으니 순간적으로 그들이 사람으로 보이지가 않았다. 정신병원에 가서 진단을 받은 건 아니지만 그때부터 난 우울증에 정신이상 증세를 보이기 시작했다. 항상 들고 다니던 가방에 흉기를 넣어 다니고 싶었고, '누군가 나를 건드려라 그땐 죽여 버리겠다.'는 충동과 함께 한없이 울기도 했다.

내겐 닉네임이 몇 개가 있다.
일벌레, 면도칼, 샤프, 독한 놈 등 모두 좋은 닉네임은 아니었다.

돌이켜 보면,

내가 왜? 그런 소리를 들어 가면서 일을 했을까? 하기도 하고, 자책을 하다 보면 또 눈물이 쏟아지곤 했다.

나는 그동안 일을 하면서

'나 스스로에게 부끄럽지 않게 나만 열심히 하면 되지 않느냐?' 라고 되뇌고,

팀원들과 후배들에게는 "공부해라! 전문가가 되라!"고 늘 얘기하곤 했는데….

내가 반병신이 되고 나니 지금까지 생활해 온 것이 아무 소용이 없었다. 약 1년 가까이 우울증 증세를 보이면서도 나는 마음을 다스리기 시작했다.

수도 없이 나 혼자 미친놈처럼 중얼거리면서 말이다.

'앞으로 남은 내 공직생활은 오직 나만을 위해 하겠다.'

'지금처럼 멍청하게 일하지 않겠다.'

'상관이 일을 시키면 바보가 되자.'

'남을 탓해 봐야 아무런 소용이 없다.'

'성격을 바꾸자.'

등등….

그러자 마음이 한결 좋아지기 시작했다. 그리고 몇 개월 지나서 난 심사승진을 통해 7급으로 진급을 했다. 진급을 하고 보니 제일 먼저 떠오른 것이 내게 빚지고 간 그 빚쟁이였다. 다시 말해 그분의 낯짝이 보고 싶었다. 그래서 친구와 함께 모 구청을 방문하여 한마디 하고 왔다. "저 진급했으니 이제는 빚 안 갚아도 됩니다." 라고 말이다. 알아듣긴 했는지 모르겠지만 어쨌건 통쾌하고 속이 후련했다.

관리자의 때려잡자는 감사(?) 정말 잘했다

'○○추진반'에 근무할 때 일이다. 한번은 '○○부시장'과 저녁식사를 하면서 간담회를 한다고 해서 과장님과 나, 일부 직원들과 함께 간 적이 있었다. 식당에 가 보니 '○○간부'도 와 있었다. 식사를 하면서 이야기를 하던 중 부시장님이 내년도 사업은 어떤 것을 했으면 좋겠는지 의견을 물었다. 이런저런 얘기가 오가다 "제가 한 말씀 드려도 되겠습니까?"라고 했더니 부시장님이 그러라고 했다.

나는 "내년에는 감사를 함에 있어 칭찬하는 감사를 하면 어떻겠습니까?"라고 말씀을 드렸다. 다시 말해 "적발과 징계위주의 감사보다는 일을 잘하는 사람을 발굴하는 감사를 대대적으로 하면 좋겠습니다. 내년은 사고의 전환이 필요하지 않겠습니까?"라고 했다.

부시장님은 "좋은 제안인데 과연 실효성이 있겠는지 좀 더 시간을 갖고 고민해 봤으면 좋겠다."고 했다. 그런데 옆에 있던 'ㅇㅇ간부'는 대뜸, "칭찬감사는 무슨 놈의 칭찬감사? 감사는 모름지기 때려잡는 감사를 해야 한다."라고 하는 게 아닌가. 말이라고 하는 게 '아' 다르고 '어' 다른데 나는 'ㅇㅇ간부가 좀 심하다'는 생각이 들었다.

순간 참을 수가 없었다.

"아니 ㅇㅇ간부님!"

"지금까지 서울시는 때려잡는 감사만 해왔는데 그동안 바뀐 게 얼마나 있었습니까?"

"하나의 사건을 가지고 감사원은 표창을 주라고 하고, 서울시는 잘못했으니 징계를 주라고 하는 것이 과연 감사입니까?"

"간부님도 그 사건을 알고 계시지 않습니까?"라고 언성을 조금 높였다.

그러자 과장님과 부시장님이 말렸던 기억이 생생하다. 하여간 난 어느새 또 싸움닭이 되어 있었다. 8급 시절의 내무부 모 과장과 싸우듯이 말이다.

그런 일이 있은 후 때려잡는 감사를 그렇게 주장하던 'ㅇㅇ간부'는 좋지 않은 일로 언론에 대대적으로 보도되었고, '때려잡기 정말 잘했다'는 생각이 들었다.

타 부서 전출을 못 가게 하는 관리자의 갑질!

대중교통과 근무시절이다. 당시 대중교통과는 서울시 공무원들의 기피부서 중의 하나였다. 이유는 잘 모르겠으나 직원들은 1~2년이면 다른 부서로 전출 가기를 원했다. 교통관리실뿐만 아니라 모든 부서 직원들이 타 부서로 전출을 가려고 한다면 그 이유는 다음과 같은 이유가 아닐까 싶다.

'관리자가 지랄 같은 놈인 경우'
'업무가 자기와 맞지 않는 경우'
'근무평정을 받을 수 없는 경우'
'악성 민원인들에게 시달리는 경우'
'전보기준이 경과한 경우'
등등.

이 중에서 1순위는 아마도 첫 번째일 것이다.

내가 하는 업무는 버스나 지하철에 사용되는 교통카드 전산시스템을 맡아 힘도 들었지만 새로운 전산업무에 매료되어 또다시 물불 가리지 않고 일을 했다. 당시 직원들은 1년도 안 되어서 다른 부서로 가려고 안달이 났고 일부는 성공하기도 했다. 그렇지만 김주사는 남들보다 훨씬 긴 2년 6개월 이상 근무를 하고 있었다.

당시 시장은 민간인을 교통관리실장으로 모시고 오면서 신교통카드시스템(중앙전용차로제 도입 포함)을 다시 구축하기 위해 전담조직을 만들고자 했다. 과장은 나더러 "신교통카드시스템의 교통카드 업무를 담당해 달라."고 했다. 하지만 나는 "다른 직원들은 1~2년이면 다들 다른 부서로 전출을 가는데 나는 그보다 훨씬 더 오래 근무를 했기에 그럴 수 없다."고 했다.

과거 못된 관리자한테 배신당하고, 쓰러지고 난 다음 몸 한쪽이 마비가 와서 극심한 우울증에 시달렸던 일이 떠오르기도 했고, 교육원에서 교육을 가지 못하게 해서 심한 스트레스로 인해 안압과 간수치가 급격히 올라가는 등의 어려움을 겪어 본 경험이 있기에 난 정말 싫다고 했다.

그런데 참으로 어이없는 일이 벌어졌다.

교통관리실의 주무부서에서 가장 민원이 많은 '철도팀(지하철을 관리하는 팀)'이 내가 근무하고 있는 부서로 자리를 옮기고 대신 주무부서에는 신교통카드를 추진하는 팀이 새로 만들어진 것이다. 그러면서 나에게 신교통카드팀으로 가라고 했다. 우리 팀장님께서는 워낙 샌님 같아서 내가 가지 않으면 본인이 끌려갈 수 있다고 하면서 "당신이 가면 안 되겠느냐?"라고 간곡한 부탁까지 해 오는 게 아닌가.

우리 팀장님만 생각하면 내가 신교통카드팀으로 가는 게 맞지만 나는 그럴 수가 없었다. 안 봐도 향후 전개되는 그림이 뻔히 떠올라 더욱더 가는 것을 거부했다. 열심히 일을 해도 반드시 칭찬보다는 징계가 따를 것이 불을 보듯 뻔했기 때문이다.

그래서 나는 교통관리실 간부에게 장문의 편지를 써서 이메일을 보냈지만 그 간부로부터는 아무런 답변을 얻지 못했다. 나는 포기하지 않고 이와 같은 내용을 당시 주무부서 주무팀장에게도 얘기하면서 다른 부서로 가야겠다고 말씀드렸더니 "본인이 원하는 대로 하라!"는 대답을 받았다.

그러던 차에 '감사관실에서 같이 근무할 직원을 공개모집한다.'는 글이 사내 전산망에 올라왔다. 내 적성에 맞지 않았지만 나는 단지 이곳을 피하기 위해 신청을 했고, 그 결과 2년 8개월 만에 적성에도 맞지 않는 그저 도피처인 감사관실로 자리를 옮기게 되었다.

내가 감사관실로 자리를 옮긴 다음에 우리 부서로 옮겼던 철도팀은 주무부서로 다시 돌아가게 되는 해프닝이 있었다. 왜 이런 일이 벌어지는지 참으로 황당하다는 생각밖에 들지 않았다.

직장마다 그러하겠지만 공무원 사회는 다양한 복도통신들이 흘러 다닌다. 직원들의 입에서 또는 지연, 학연, 각종 모임 등을 통해서 복도통신들이 만들어진다.

"열심히 일하는 직원만 손해를 본다."
"일 잘하는 사람보다는 아부 잘하는 놈이 승진을 빨리 한다."
"중간 정도만 하면 징계도 안 받고 정년퇴직을 할 수 있다." 등.[1]

지금까지 김주사가 경험해 본 바로는 다 맞는 듯싶다. 많은 일을 하거나 중요한 일을 하는 직원은 반드시 감사를 받게 되고 크든 작든 징계를 받게 되어 있다. 당시 신교통카드시스템 구축사업도 불

1. 복지부동, 복지안동, 낙지부동이란 말이 있다. '복지부동'은 땅에 바짝 엎드려 움직이지 않는다는 뜻이고, '복지안동'은 땅에 납작 엎드려 눈만 굴린다는 뜻이며, '낙지부동'은 낙지처럼 바닥에 딱 붙어서 잘 움직이지 않는다는 뜻으로 직장인들을 비유적으로 표현하는 말인데 경우에 따라 이런 행동들을 하고 싶은 이유는 왜 들까요?
- 서울시 공무원 사회 '폭언·갑질' 여전(문화일보, 2019.7.31.)

을 보듯 뻔했고, 실제로 몇 년이 지나서 신교통카드시스템에 대한 대대적인 감사가 이루어져 일부 직원은 징계를 받았다.

아이디어를 도용하는 뻔뻔한 갑질!

공무원 제안은 기관에 따라 다를 수 있지만 제안서 제출이 수시로 가능하고, 심사는 보통 연 1~2회를 한다. 아주 드물기는 하지만 심사결과에 따라 우수 제안을 한 직원에 대해서는 특별승진을 하는 경우도 있어 참여도가 다소 높은 편이다. 하지만 종종 아이디어 도용으로 잡음이 있는 때도 있다.

김주사가 당시 공무원 제안을 낸 이유는 PC의 '스크린세이버(화면보호기)'를 알게 되면서다. 시정의 주요 정책사업 10개를 스크린세이버로 제작해서 5만여 서울시 공무원들 PC에 설치하고 더 나아가 1000만 서울 시민들에게도 무료로 배포하면 시정홍보도 되고 전기도 절약된다는 내용으로 제안서를 제출했다.

하지만 제안심사 결과 내 제안은 채택되지 못했다.

공무원들의 제안서는 관련부서에 보내져서 이미 시행하고 있는지, 실행타당성은 있는지, 소요예산은 얼마나 드는지 등의 검토를 받고 그 검토결과를 바탕으로 심사를 하게 된다. 나중에 확인한 결과 내 제안서에 대해 전산부서에서는 좋은 제안이니 당장 추진해도 좋다는 의견을 주었던 반면 홍보부서는 부정적인 의견을 피력했다. 그래서 채택되지 못했다.

그런데 약 1년이 지났을 무렵 전 부서 직원들에게 공람문서가 돌았는데 홍보부서에서 "내가 1년 전에 제안했던 제안서와 거의 비슷한 내용으로 스크린세이버를 제작한다."는 내용이었다. 다만 내용이 다른 점은 스크린세이버 제작 시 나는 서울시 마스코트인 '호돌이'를 넣어서 재미있게 제작하기를 바랐으나 공람문서에는 서울시 '호돌이'가 아닌 홍보대사(탤런트)를 배경으로 제작하자는 차이만 다를 뿐이었다. 하여 나는 해당부서에 강력히 항의를 했다. 그런데 "당신 마음대로 하라."는 해당부서의 이야기를 듣고는 민원실에 민원을 접수하려는데 주변에서 많은 선배 · 동료들이 말렸다. 민원이 접수되면 감사관실에서 조사를 하는데 힘없는 당신이 더 손해를 본다는 것이었다. 더럽고 치졸한 갑질이었지만 신분상 불이익을 받을 수 있다기에 할 수 없이 민원접수를 포기하고 말았다. 어찌 되었건 해당 부서에서도 아이디어 도용문제가 부담스러웠는지 스크린세이버 제작 사업은 중단되었다.

그리고 또 1년쯤 지나서 또다시 스크린세이버를 제작한다는 내용의 기사가 이번에는 언론에 보도되었다. 그리고 추진부서는 홍보부서가 아닌 전산부서로 둔갑을 했다. 나는 또 어안이 벙벙했다. 보상은커녕 사전 동의도 없이 2년에 걸쳐 아이디어를 도용하는 일을 공공연히 추진하는 행태를 보고 도저히 참을 수가 없었다. 그래서 그동안의 일을 소상하게 서울시 내부 전산망을 통해 알렸다. 그랬더니 이번에도 서울시의 스크린세이버 사업은 수포로 돌아갔다.

당시 서울시에서는 어떤 직원이 자신이 제출한 제안이 도용당했다면서 서울시를 상대로 소송을 했다는 이야기도 있었다. 공무원들의 아이디어를 훔쳐 이런 식으로 장난을 친다는 이야기를 듣긴 했지만 내가 직접 당하고 보니 정말 화가 났다. 그 뒤로 나는 어떤 제안도 내지 않았다.[2]

왜 정당한 보상을 안 하고 남의 아이디어를 도용하고, 이의제기를 하지 않고 넘어가면 그 성과를 어떤 다른 놈이 가져가는지? 갑질의 방법도 참으로 다양했다.

2. '아이디어 도용' 서울시장 상대 행정소송 낸 9급 공무원 (연합뉴스, 2000.02.02.)

이유도 모르는 관리자의 인격모독에 살인의 충동을 느끼다

발령받아 온 지 7개월 만에 해외출장을 2번이나 갔다 와서 정말 바쁘게 일을 하고 있다가 갑자기 영문도 모르고 관리자로부터 인격모독적인 '폭언'을 당한 적이 있다.

하루는 아침에 회의실에서 갑자기 나를 불렀다. 회의실에서는 팀장회의가 이루어지고 있었는데, 내가 회의실에 들어가자마자 관리자는 나를 보고 대뜸 소리를 질러댔다.

"너 임마!"
"OPEN시스템 공개대상 확대하는 것 어떻게 된 거야?"
"지금 하고 있는 거야? 안 하는 거야?"
"언제부터 한 것인데 아직도 안 되었단 말이야?"

나는 당황스럽기도 했지만 "지금 하고 있습니다. 공개대상 업무는 어느 정도 마무리되어 가고 있어 이제 시스템 개발을 하면 될 것 같습니다." 이렇게 말했더니….

"이 새끼가 무슨 말이 많아."
"니가 외국 갔다 와서 늦었다는 거야 뭐야?"라고 고함을 쳤다.

나는 하도 어이가 없어서 그저 멍하니 서 있었다.

이번에도 과거 지하철 노약자석 사건처럼 별 이상한 생각이 또 들었다. 나는 주위를 두리번두리번 했다. 손에 들 만한 물건이 없는지를 찾고 있었다.

'내가 뭘 잘못했지?'
'아침부터 많은 팀장들 앞에서 내가 왜? 이런 인격적인 모욕을 들어야 하지?'

발령받고 1개월 만에 베트남에 가서 교육하고 왔고, 또 6개월 만에 인도네시아에 가서 국제적인 세미나에 참석해서 발표까지 하고 와서는 일벌레처럼 야근을 밥 먹듯이 하면서 일만 하고 있었는데 내가 '왜 이 소리를 들어야 하지?' 의문이 들면서 '이놈을 죽여 버리고 싶다'는 생각이 순간 들었다. 그래서 주위를 두리번거리면서 손에 들 만한 물건을 찾았던 것이었다. 천만다행인 것은 들 만한 물건이 없었다는 것이다. 만약 수석 같은 것이 있었다면 아마도 나는 그걸 집어 그 관리자를 향해 던졌을지도 모를 일이었다.

그러는 순간 우리 팀장이 나를 끌고 밖으로 나갔다.

나는 하루종일 아무 일도 하지 못하고 책상 앞에서 멍하니 앉아 모니터만 보고 있었다. 저 새끼를 어찌해 버리고 퇴직을 하고픈 생각밖에 들지 않았다. 공무원연금공단 홈페이지에 들어가 퇴직금을 확인해 보니 퇴직금은 얼마 되지 않았다. 내 행동이 이상했던지 팀장은 내게 다가와 나를 위로하면서 한다는 말도 황당했다.

"우리 과에서 당신이 제일 열심히 일을 하니까 다른 팀장들 들으라고 일부러 그랬다."는 것이다. 참으로 괴상망측한 변명이었다. 아무리 그래도 그렇지 어떻게 사람의 인격을 그렇게까지 모욕하는지 나는 도저히 이해가 되지 않았다.

그러던 그분은 얼마 안 되어 다른 곳으로 자리를 옮겼고 또 얼마 지나지 않아서 TV를 통해 좋지 않은 모습이 보도되었다. 안쓰럽기도 했지만 속은 시원했다.

/ 제5장 /

김주사가 살아남기 위해 처신한 것들은?

○○○

공직생활을 하다 보면 원하지 않는 곳으로 발령이 나기도 하고 지랄 같은 관리자를 만나게 되거나 같이 근무하고 싶지 않은 직원들과 불가피하게 근무를 하게 된다. 김주사도 그런 경험이 있기에 나름 살아남기 위해 한 행동 몇 개 소개하고자 한다.

- 학교를 휴학하고 술과 인간관계를 배웠다
- 김주사가 전산실장이 되기까지…
- 구청에 가면서 김주사는 이렇게 다짐을 했다

학교를 휴학하고 술과 인간관계를 배웠다

공무원 첫 발령지인 동사무소에서 나는 주민등록등·초본 발급을 하면서 근무를 했다. 5시만 되면 야간대학에 간다고 하는 것이 눈치도 보이고 해서 휴학을 했다. 그 후 일에 열중하면서 술 좋아하는 선배(김동○)님을 만나서 처음으로 술을 배우게 되었다. 술을 얼마나 먹고 다녔는지 얼마 안 되는 월급이 모자랄 정도로 거의 매일 길동과 천호동을 오가며 술을 마셨고 월급 때면 술값을 받으려고 술집 여사장님이 동사무소로 찾아오는 경우도 있었으며, 밤늦게 선배님 집에도 서너 차례 끌려가기도 했다. 선배가 자기 집으로 데리고 간 것은 형수님한테 혼날 것을 면해 보자는 의도도 있었겠지만 자기 처제와 나를 엮어 보려고 했던 측면도 있었던 것 같다. 형수님은 구청 체육대회 때 마라톤에서 우승할 정도로 체력이 대단한 분이셨는데 내가 갈 때마다 술상을 차려 주는 등 몸 둘 바를 모르게 너무도 잘해 주셨다. 하지만 처제와의 인연은 성사되지 못했다.

나는 선배를 통해 그토록 가고 싶었던 전산교육을 가게 되었고, 공직생활 중 10년은 전산부서에서 이 김주사가 그토록 하고 싶었던 전산업무를 하게 되었다.

몇 년 전에 들은 바에 의하면 나에게 처음으로 술을 가르쳐 준 그 선배님의 술사랑은 여전하고 퇴직을 하셨다고 한다.

김주사가
전산실장이 되기까지…

전자계산소의 복도통신도 엄청 활발했다. 한번은 '○○부장'이 직원들한테 했다는 말이 참으로 어처구니가 없었다. 글쎄 "황인동이 없어야 당신들이 편해진다. 황인동을 전자계산소에서 내보내야 한다."는 황당한 이야기였다. 정말 '○○부장'이 그런 말을 했는지? 아니면 누군가 이간질을 하려고 꾸며 낸 이야기인지는 모르겠지만 기분은 더럽게 좋지 않았다.

그런데 그런 소문이 있고 얼마 안 지나서 '○○부장'은 내게 전산실을 맡아 달라고 하면서 "난 전산분야는 깡통이니 날 좀 도와 달라"고 간곡히 부탁을 했다. 하지만 난 '○○부장'이 나에 관해 얘기했다는 소문도 있고, 나도 이젠 행정직들이 있는 곳으로 가서 늦기 전에 행정업무를 배우고 싶었기에 완곡히 거절을 했다. 그럼에도 '○○부장'은 끈질기게 "전산실의 체계를 잡아야 되는데 당신밖에 없으니 도와 달라"고 거듭 요청했다. 난 어쩔 수 없이 그렇게 한다고 하면서 하나의 조건을 제시했다.

조건은 "나와 같이 일할 수 있는 전산직 직원 1명만 달라"는 것이었다. '○○부장'은 그러겠다고 했고 한술 더 떠 내가 껄끄러울 거라고 생각했는지 나이 많으신 여자 선배님을 다른 곳으로 보내기까지 했다. 그런데 이 또한 내가 원한 것이 아니냐 하면서 전산직들 사이에 안 좋은 소문이 또 돌았다.

하여간 우여곡절 끝에 난 전산실장으로 일은 하게 되었다.

전산실장이 된 뒤로 첫 번째로 한 일은 전산에 대해 깡통이라고 도와 달라고 했던 '○○부장'에게 서울시내에 있는 중앙도서관에 가서 빌려 온 전산 관련 책들을 정리해서 요약본 2권을 바인더로 만들어 드렸던 것이었다. 왜? 그랬을까?

구청에 가면서
김주사는 이렇게 다짐을 했다

나는 서울시에서 30여 년간 공직생활을 하고 어렵게 구청으로 가게 되었다. 그동안 구청에서 한 번도 근무를 해 본 경험이 없었고 구청에 아는 직원도 거의 없어 마치 첫 발령을 받은 것 같은 느낌이었다. 다시 말해 아주 낯선 곳에서 제2의 공직생활을 하는 그런 기분이었다.

내가 2014년 1월 1일 구청에 왔을 때 구청직원 약 1,000명 중에 아는 직원은 서울시에서 온 부구청장, 국장 1명, 과장 2명, 직원 1명 등 고작 5명뿐이었다. 물론 구청장도 몰랐고 금천구청에 대해서도 아는 게 아무것도 없었다.

구청에 와서 보니 인구는 약 23만 명이었고, 외국인도 약 3만 명에 달했다. 구청은 7개국, 30개과(부서), 10개 동사무소(주민센터)에 구의원은 10명이었다.

나는 이런 곳에서 살아남기 위한 내 나름대로의 원칙을 정했다.

첫 번째는 직원들과 소통을 하자.
두 번째는 권위적인 관리자가 되지 말자.
세 번째는 시에서 하던 일보다 적게 하자.
네 번째는 현장위주의 행정을 하자.
다섯 번째는 최대한 노조와 부딪치지 말자.
여섯 번째는 학연·지연을 멀리하자.
일곱 번째는 어떤 일이 있어도 청장님께 부담을 주지 말자.
여덟 번째는 주민들로부터 좋은 평가를 받자.

그래서 나는 하나씩 실천을 했다.

첫 번째, 직원들과 소통은?

탁구, 당구, 회식, 생일 챙기기 등을 했다. 운동을 통해 직원과 친해져 보자는 취지로 탁구동아리에 가입해서 탁구를 시작했는데 체력이 안 돼 금방 포기하고 말았다.

그래서 생활스포츠인 당구로 바꿨다. 나는 4구 30점부터 시작해서 지금은 150점 정도가 되었다. 지금은 당시 150점 정도 쳤던 직원을 이기기도 하고, 짜다고 소문난 전임 청장님과도 세 번 쳐서 2승1패를 했다. 당구를 치면서 여타 많은 부서 직원들과 어울리기도 했다. 또한 직원들 생일이 있는 달은 합동으로 전 직원과 함께 생일을 축하해 주는 이벤트도 수시로 했다.

두 번째, 권위적인 관리자가 되지 말자는?

아주 친해지기 전까지는 모든 직원들에게 존댓말을 했다. 직원들이 결재를 받기 위해 올 때는 결재판을 갖고 오지 않도록 했고, 보고서 수정사항이 있으면 최대한 방향을 잡아 줘서 헛발질을 하지 않도록 했다. 또한 연2회 체련대회를 할 때는 직원들 의사를 최대한 반영했으며, 회의는 가능한 한 하지 않도록 노력했다.

세 번째, 시에서 하던 일보다 적게 하자는?

시에서 근무할 때 심할 때는 1주에 3~4일은 집에 가지도 않고 퇴근도 10시 이후가 다반사여서 시간외근무는 매월 70시간 이상이었다. 하지만 구청에서는 최대한 일찍 퇴근하려고 노력했다. 특히 국장(단장)이 되고 9개월쯤 지나서는 8시 출근에 5시 퇴근하는 시차출근제에 동참했다. 업무적으로는 서울시와 구청 부서 특수성을 감안하여 일을 했다.

네 번째, 현장위주의 행정을 하자는?

공공기관에서 사용하는 우문현답(우리의 문제는 현장에 답이 있다)처럼 가능한 업무를 처리함에 있어 현장에 가서 직접 눈으로 보고, 주민들 의견을 듣고자 했다. 특히 민원은 두말할 것도 없고, 광고물정비, 가로 정비, 번호판영치, 소상공인과 전통시장 지원, 일자리 창출, 도시재생 등에 집중했으며, 시간이 되면 다른 부서 행사도 참여하려고 노력했다.

다섯 번째, 최대한 노조와 부딪치지 말자는?

노조위원장이 첫 발령 부서에 소속되어 있어 불미스런 일이 발생하기도 했고, 두 번째 발령지에서도 오해로 인한 불미스런 일이 또 벌어졌지만 노조 행사에 가급적 동참함으로써 어느 정도 가까워지는 느낌이 들었다.

여섯 번째, 학연·지연을 멀리하자는?

직원이나 관내 지역주민들 중 학연은 두말할 것 없이 멀리했고 지역 향우회에는 딱 한 번 그것도 인사차 아주 잠깐 참석한 게 전부였다. 향우회는 동네 식당 등에서 모임을 갖는데 만약 참석을 하게 되면 다음 날 바로 소문이 나고, 혹시 민원을 부탁받게 될 경우 거절하는 데도 애로사항이 있기에 더욱더 멀리했다.[1]

1. 여기서 향우회 선·후배님들께 한 말씀 드리고 싶다. "저의 본심은 그런 게 아니라는 것 잘 아시죠? 저는 우리 고향을 정말 사랑합니다. 진심으로 죄송했습니다."

일곱 번째, 어떤 일이 있어도 청장님께 부담을 주지 말자는?

구청에 와서 보니 노조에서 내가 오는 걸 반대했다는 것을 알았다. 그래서 더 조심스러웠다. 업무는 원칙대로 하고 내 인사에 대해서도 일체 부담을 드리지 말자, 사전에 많은 분들과 소통을 하면서 청장의 의중을 파악해서 내가 할 수 있는 것은 미리 조치하자 등 나름의 원칙을 세우고 일을 했다. 그러다 보니 직원들과의 관계도 나쁘지는 않았나 싶다.

여덟 번째, 주민들로부터 좋은 평가를 받자는?

김주사가 속해 있는 각종 위원회의 위원들, 도시재생과 전통시장 관계자, 기업체 단체와 기업인들, 국회의원, 시의원, 구의원 등에게 지금까지 그렇게 나쁜 평은 받지 않은 것 같다. 오버인가? ㅋㅋㅋ

어쩌다
늘공이 된
김주사

/ 제6장 /

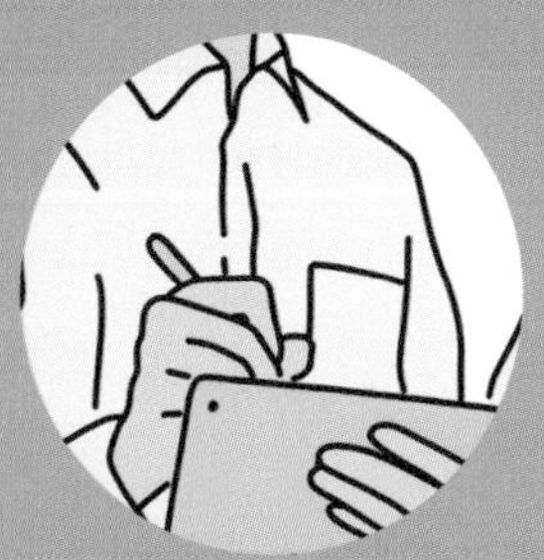

천운과 관운

○○○

공직생활을 하다 보면 좋은 일도 있고, 안 좋은 일도 있기 마련이다. 김주사에게도 3번 천운이 있었다. 그 덕분에 지금의 내가 있지 않았나 싶다.

- 첫 번째는 대형화재가 발생할 뻔했던 일이다
- 두 번째는 내게 큰 사고가 날 뻔한 일이다
- 세 번째는 지하철에서 쓰러졌을 때 처음으로 죽음이란 것을 느낀 일이다

대형화재가 발생할 뻔하다

공무원 생활 3년 차 9급 시절 두 번째 발령지인 자동차관리사업소 전산실에 근무할 때의 일이다. 한번은 겨울철에 나 혼자 야간작업을 하고 있었다.

주로 사무실과 전산실에서 철야 작업을 하기 때문에 사무실에 대형 석유난로를 켜 놓고 일을 했다. 사무실과 전산실은 문 하나를 두고 붙어 있었고, 사무실에서 전산실을 볼 수 있도록 문이 유리창으로 되어 있었다. 사무실 규모는 20평 정도였고, 전산실은 약 30평 정도였다. 석유난로는 하단 유류통에 석유를 가득 채우고, 몸통 안쪽에는 석유를 조금 뿌린 다음 불을 붙여 사용하곤 했다.

그날은 석유를 조금 뿌린다는 것이 다소 많이 들어갔는데도 나는 설마 괜찮겠지 하면서 불을 붙였다. 그런데 불이 붙자마자 10

여 초가 지나자 난로 몸통이 벌겋게 달아오르기 시작했다. 그리고 얼마 안 있어 난로 위 뚜껑이 덜덜거리기 시작하면서 요동을 쳤다. 나는 순간적으로 난로 옆에 있는 60cm 정도 되는 쇠꼬챙이로 그 뚜껑을 눌렀다.

그러면서 속으로 중얼거렸다.

'이 뚜껑이 열리면 안 된다.'
'뚜껑이 열리면 바로 불꽃이 밖으로 나올 것이다.'
'그렇게 되면 걷잡을 수 없이 불이 날 것이다.'라고.

불길은 점점 더 강해져서 난로 몸통뿐만 아니라 난로에서 밖으로 연결된 연통까지 약 1m 정도가 시뻘겋게 달아올랐다. 마치 연통이 녹아내릴 기세였다. 난 정신이 하나도 없는 상태에서 누구의 도움도 요청하지 못하고 오로지 난로의 뚜껑만 온 힘을 다하여 누르고 있었다. 오직 뚜껑을 누르고 있는 게 최선의 방법이라고만 생각했다. 그러기를 약 2~3분 지나서야 뚜껑에서 덜덜거리는 소리가 줄어들면서 연통도 서서히 가라앉기 시작했다. 그제서야 나는 쇠꼬챙이를 놓을 수 있었다. 쇠꼬챙이를 놓고 내 손을 보니 약간의 화상을 입은 것 같았다. 어떤 생각에서 내가 그런 행동을 했는지는 잘 모르겠으나 결과적으로 나는 '대처를 정말 잘했다.'는 생각을 했다. 그때 당시의 2~3분은 2~3시간 이상의 긴 시간이었다.

'만약 난로 뚜껑이 열렸다면 어떻게 되었을까?'

'난로 옆에 쇠꼬챙이가 없었다면 또 어찌 되었을까?'

아마도 바로 사무실 천장에 불이 붙었을 것이고, 그러면 나는 도움을 요청하기 위해 밖으로 나왔을 것이다. 그사이 불은 난로 밑에 있는 석유통까지 옮겨붙었을 것이고, 사무실뿐 아니라 바로 옆에 있는 전산실까지 불이 붙어 컴퓨터까지 소실되는 대형 화재사건으로 번졌을 것이다. 그뿐 아니라 전산실까지 불이 났으면 전산실 복구까지는 수개월이 걸렸을 것이고 자동차등록 업무 등 민원불편은 엄청났을 것이다.

나 또한 무사하지 못했을 것이다.

아마도 바로 형사 입건되어 공무원 생활을 그만두고 수년간 감방생활을 했을 것이다. 지금 와서 생각해 봐도 내가 그런 선택을 어떻게 순간적으로 했을까? 참으로 궁금하다. 아마도 누군지는 모르지만 나를 도와주는 그 어떤 분이 있었던 듯싶다. 평소보다 석유가 많이 들어갔음에도 괜찮겠지 하는 방심이 이 엄청난 사고를 일으킬 뻔했다. 한순간의 방심이라도 절대로 하면 안 된다는 교훈을 뼈저리게 느끼게 했던 사건이었다. 이런 것이 진짜 관운이 아닌가 싶었다. 아니 천운이었다.

내게
큰 사고가 날 뻔하다

여름철 어느 날이었다. 전산실은 대형 프린터로 자동차세 납부고지서 출력작업을 많이 하기 때문에 한 달에 한두 번 정도 프린트 종이를 50~100여 BOX씩 주문하고 창고에 쌓아 놓고 필요할 때마다 사용한다. 선배들이 프린트 BOX가 왔다기에 선배들과 함께 전산실 맞은편 창고에 가서 아무 생각 없이 BOX가 쌓여져 있는 곳으로 올라가 선배들이 밑에서 프린트 BOX를 올려 주면 받아서 다시 쌓는 일을 했다. 당시 내가 몸집도 작고 체중도 50kg이 채 안 되니 자연스레 올라갔는지도 모르겠다.

그렇게 한참 BOX를 쌓다가 힘이 들어 허리를 좀 펴야겠다는 생각이 들어 일어났는데 내 머리에서 "파~바~박" 하는 소리가 났다. 순간 나는 반사적으로 덥석 주저앉았다. 머리를 만져 보니 좀 아프기는 했지만 피가 나거나 상처를 입은 것은 아니었다. 놀라서 한참 앉아 있다가 천장을 보니 천장에는 대형 선풍기가 돌아가고 있었다.

나는 기겁을 했다.

선배들도 놀라서 다들 멍해 있었다. 천만 다행인 것은 내가 일어나면서 머리가 부딪친 곳이 선풍기의 정중앙(플라스틱 부분)이었던 것이다. 진정을 하고 한참 후에 선풍기 전원을 내리고 선풍기가 멈춘 다음에 내게 일어난 상황을 재연해 봤다.

그런데 세상에….

선풍기 날개 끝이 내 목(목아지)에 정확하게 위치해 있었다. 만약에 내 머리가 선풍기의 중앙이 아닌 날개와 부딪치거나 날개 끝에 목이 부딪쳤다면 어찌되었을까? 상상만 해도 끔찍했고 한동안은 아무런 생각도 들지 않았다. 이때도 누군가 나를 또 도와주고 계시는구나 그렇게 생각을 하면서 이것 또한 천운이 아닌가 싶었다.

지하철에서 쓰러졌을 때 처음으로 죽음이란 것을 느끼다

18년 전 감사과에 근무할 때다. 그때도 몸이 많이 안 좋은 상태였다. 감사과 근무시절에는 보통 저녁 7~8시 사이에 저녁을 먹고 퇴근은 10시 이후에 했다. 퇴근 때는 집이 안산이라 항상 불안해서 서둘렀다. 그 이유는 수원행 막차를 타야 했기 때문이다. 수원행 막차시간은 11시 15분쯤으로 기억이 난다.

통상 사무실에서 전철역까지 걸어가면 약 5~6분이면 되고 뛰면 2~3분이면 갈 수 있었다. 한번은 가을쯤으로 기억되는데 일이 있어 좀 일찍 나왔는데 시간표를 보니 수원차가 곧 올 것 같아서 거시기가 빠지게 뛰었다. 그래서 간신히 전철을 탈 수 있었다. 그런데 갑자기 호흡이 빨라지면서 땀이 나기 시작했다. 나는 천천히 크게 호흡을 했는데 갈수록 상태가 좋지 않았다. 시청에서 서울역까지 한 정거장이라 약 3분 정도 소요되는데 3분이 30분처럼 느껴졌다. 서울역까지 가는 3분여 동안 온몸이 다 젖었을 정도로 땀범벅이었고 숨을 쉴 수가 없었다. 그런 상태에서 서울역에 도착해 내리자마자 4호선으로 갈아타기 위해 계단을 오르다 그만 주저앉고 말았다. 숨을 쉴 수가 없고 기운이 없어 쓰러질 것 같아 그냥 계단에 주저앉았던 것이었다.

나는 앉아서 사람들에게 "살려 달라."고 부르려 하는데 소리가 나지 않았다. 속으로 '숨을 크게 쉬자 정신을 차리자 정신을 잃으면 여기서 죽는다.'라고 혼자서 중얼거렸다. '정신을 차려야 된다'고 버티면서 또 "살려 달라."고 소리를 쳤으나 소리가 나지 않는 것 같았다. '이러다가 죽는 것 아닌가?'라는 생각이 들기도 했다. 그러더니 순간 정신이 몽롱해지면서 가족들이 보이기 시작했다. 약 1~2초 정도나 됐을까. 아내와 아이들이 스치듯 지나갔다. 그러다 결국 정신을 잃고 말았다. 한참이 지나서야 정신을 차릴 수 있었고 '이제 살았구나'라는 생각이 들었다. 나중에 알게 되었는데 내가 계단에서 30여 분 동안 그러고 있었던 것이다. 그런데 정말 세상 인심이 각박하다는 걸 새삼 알게 되었다. 누구라도 119에 신고를 하든지 아님 역무실에 얘기해서 병원 응급실에라도 갈 수 있게 도와줘야 할 텐데 수많은 지하철 승객 누구도 신경을 쓰지 않았다는 사실이다. 어찌됐건 이것 또한 천운인지는 모르지만 또 알 수 없는 그분이 도와주신 것 같다는 생각이 들었다.

어쩌다
늘공이 된
김주사

/ 제7장 /

사표, 갈등, 소통

○○○

처음 공직에 들어올 때는 누구나 꿈에 부풀어 날아갈 듯 기뻐했겠지만 막상 공직생활을 하다 보면 밖에서 생각했던 것과 차이도 나고, 적성에 맞지 않거나 동료나 직장 상사와의 갈등 등으로 사표를 내기도 한다. 김주사도 그와 같은 경험을 했기에 참고가 되었으면 해서 정리해 봤다.

〈사표〉

9급 시절 사표를 던졌지만 수리되지 않았다

민간기업체인 데이콤에서 스카우트를 제안했으나 노조의 반대로 무산되었다

계약직과 전산직 전환을 추진했으나 모두 실패했다

〈갈등〉

전산직과의 갈등이 본격적으로 시작되었다

〈소통〉

팀원들과 맛집 투어를 했다

직원들 인사와 후생복지에도 일조했다

구청에 와서 많은 새로운 만남들이 있었다

사표

9급 시절 사표를 던졌지만 수리되지 않았다

첫 발령지인 동사무소에서 근무할 때 나는 사표를 던진 적이 있었다. 지방에 있는 모 대기업 전산직에 합격을 해서다. 무엇보다도 김주사가 사표를 냈던 이유는 전산에 미쳐 대학도 전자계산학과를 갔기 때문에 전산업무를 간절히 하고 싶었고, 합격을 한 회사가 급여도 훨씬 많았기 때문이다. 그렇지만 사무장님을 비롯한 많은 선배님들은 하나같이 말렸다.

"공무원 급여가 박봉이지만 어렵게 간 대학을 포기할 것이냐?"
"공무원도 나름 재미있는 직업이다."
"지금은 잘 모르겠지만 조금만 지나면 아마 나가라고 해도 나가지 못할 것이다." 등등.

당시 선배님들의 만류가 있었기에 김주사가 지금 여기까지 오게 된 것 같다. 돌아보면 그때 잡아 주셨던 사무장님을 비롯한 선배님들께 진심으로 감사하다는 말씀을 드리고 싶다.

민간기업체인 데이콤에서 스카우트를 제안했으나 노조의 반대로 무산되었다

8급 시절 민간기업인 데이콤에 약 2개월 동안 파견을 갔고 파견이 끝나갈 때쯤의 일이다. 데이콤 관계자가 데이콤에서 경력직(대리급) 직원을 뽑는데 나보고 자꾸 응시해 보라는 것이었다. 나는 싫다고 했지만 그곳의 급여가 내가 받던 것의 2배였기에 은근히 땡기는 구석도 있었다. 그래서 큰맘을 먹고 응시하기로 결심을 하고 서류를 제출했다. 그런데 나중에 데이콤 관계자로부터 연락이 왔는데 노조가 반대를 한다는 내용이었다. 그래서 포기했다. 덴장!

나는 어찌됐든 공무원에서 민간기업의 직장인으로 갈 수 있는 기회를 두 번 놓친 꼴이 되었다. 동사무소 근무시절에 모 대기업으로 가려고 사표를 냈지만 수리가 되지 않았고 이번에도 안 되는 것으로 봤을 때 '김주사의 운명은 평생 공무원을 하라는 것이구나'라고 위안을 삼았다.

계약직과 전산직 전환을 추진했으나 모두 실패했다

1990년대 초 8급시절 서울시 전자계산소에 근무할 때 일이다. 당시 전자계산소에는 약 26개 팀에 100여 명이 근무를 하고 있었다. 전산업무를 처리하는 직원들은 일부 행정직을 빼고는 대부분은 계약직과 별정직이었고 행정직들은 직급은 낮아도 대부분 팀장을 하고 있었다.

그런데 행정직에게는 청천벽력 같은 일이 일어났다.

1990년 무렵 정부는 별정직을 전산직으로 전환하는 것을 추진했다. 예를 들면 별정직 7급을 전산직 7급으로 전환하는 것이었다. 한마디로 일반직으로 전환해 주는 것이었다. 그러다보니 졸지에 행정직들은 설 자리가 없어져 버렸다. 다시 말해 행정직들은 직급은 낮아도 별정직 등을 팀원으로 데리고 일을 해 왔는데 졸지에 직급이 역전된 것이었다. 그래서 행정직들도 일정기준(경력 인정)을 마련하여 전산직으로 전환해 줄 것을 강하게 요청했지만 관리자들의 무관심으로 요청사항은 받아들여지지 않았다. 그래서 대부분의 행정직들은 전자계산소를 떠나게 되었다.

갈등

전산직과의 갈등이 본격적으로 시작되었다

8급 시절 서울시 전자계산소에서 근무할 때 일이다. 존경하는 과장님은 내게 하나의 제안을 했다. “너는 전산에 대한 열정과 그동안의 성과를 감안하여 계약직으로 전환을 하면 어떠냐?” “너는 행정직이 아니고 전산직이나 다름없고 전직을 할 경우 급여도 30% 정도 많으니 전환을 하는 게 좋겠다.”고 했다. 그러면서 직급은 계약직 라급(당시 7급 상당)을 제안했다. 나는 계약직 라급은 싫다고 했고, 다급(당시 6급 상당)이면 한번 고민해 보겠다고 했다.

당시 전자계산소에는 계약직 다급(지금의 7급 상당)이 2명이 있었고 한 자리는 비어 있어서 나는 계약직 다급으로 전환을 추진하게 되었다. 담당 팀장님은 계약직으로 전환하는 데 약간의 돈이 들어가니 준비하라고 했다. 나는 이해가 되지 않았지만 그래도 준비를 했다.

그런데 문제가 생겼다.

별정직과 계약직들이 반대하고 있다는 소문이 있었고, 전직을 강력히 추천했던 과장님과 소장님 간 갈등이 있다는 소리도 들렸다. 나중에 들은 얘기지만 "그 자리에 누군가 진급하기로 되어 있었는데 내가 밀고 들어갔다."는 소문이었다. 한마디로 어이가 없었지만 반대한 분들은 내가 눈엣가시였을 것이다. 8급 주제에 12명이나 하는 주민등록전산망 팀장을 하고 7급상당의 계약직으로의 전환을 추진했으니 그럴 법도 했다. 나는 또 결심을 할 수밖에 없었다. 내가 하고 싶어서 추진했던 것도 아니었고 전직으로 인해 과장님께 더 이상 누를 끼치고 싶지 않았다. 그래서 전직은 포기했다.

어쨌든 나의 계약직으로의 전직은 하나의 해프닝으로 끝나고 말았다. 그리고 그 자리는 1년간 공석으로 비어 있었고 다음 해에 소문으로 떠돌았던 그분이 그 자리로 갔다고 들었다.

소통

소통이 안 돼 직원들 간 또는 부하직원 간 고소고발이 발생하는 경우도 있는 것 같다. 심지어 왕따나 과중한 업무 때문에 힘들어 자살을 했다는 언론 보도를 볼 때는 정말 안타깝다. 혹시 자신이 아래와 같은 관리자가 아닌지 한 번쯤은 생각해 봤으면 좋겠다는 생각에 몇 가지 정리해 본다.

첫째, 직원들의 애로사항을 들었을 때 해결해 주려고 노력은 해 봤는지?

둘째, 특정 직원이 일을 잘하기 때문에 또 다른 업무를 주지는 않았는지?

셋째, 일 잘하는 직원보다는 아부 잘하고 비위를 잘 맞춰 주는 직원을 좋아하거나 근무평정을 잘 주지는 않았는지?

넷째, 퇴근 무렵이나 금요일쯤 새로운 업무를 주지는 않았는지?

다섯째, 회의를 할 때 일방적인 지시만 하지 않았는지?

여섯째, 회식만 하면 2차 3차를 가자고 하지는 않았는지?

일곱 번째, 내가 있는 동안에는 불미스런 일이 발생하면 안 되니까 직원들의 애로사항보다는 자신의 안위만 생각하지는 않았는지?

여덟 번째, 관리자로부터 질책을 받으면 부하직원들에게 화풀이를 하지 않았는지?

아홉 번째, 어떤 일을 결정할 때 정확한 지시를 하지 않고 애매하게 지시를 하거나 직원이 알아서 하라고 하지는 않았는지?

열 번째, 부하직원이나 동료가 내·외부의 감사나 조사를 받고 있을 때 혹시 나한테 불똥이 튀지 않을까 하여 모르는 척하거나 회피하지는 않았는지?

팀원들과 맛집 투어를 했다

사무관 진급을 하고 서울시 조사담당관실에 근무할 때였다. 우리 팀은 총 7명이었다. 우리 팀은 팀워크와 추억을 만들기 위해 벚꽃 피는 봄이나 단풍이 물든 가을에는 간혹 점심 때 김밥이나 도시락을 주문해서 승용차나 택시로 남산에 가서 식사를 하는 등 힐링도 하고, 맛집 투어도 한 적이 있다.

맛집 투어는 몇 가지 원칙을 가지고 했다.

첫째, 직원들이 돌아가면서 1~2개월 단위로 한다.

둘째, 맛집에 대한 평가를 해서 꼴찌를 하면 저녁을 한 번 더 사기로 한다.

셋째, 평가는 장소, 금액, 맛, 분위기 등 4가지를 평가하는데 본인은 제외한다.

넷째, 맛집 계산은 회비로 한다.

이렇게 해서 우리는 약 1년간 남산오리집, 마포 갈비집, 장충동 족발집, 서대문 파전집 등 여러 곳에서 팀워크를 다졌고, 최종평가 결과 팀장인 나를 꼴등으로 채점을 하는 등 재미있는 맛집 투어를 했다. 그래서 그런지 우리 팀은 지금도 1년에 1~2회 정도 만나서 당구도 치고 등산도 하는 등 모임을 갖고 있다.

직원들 인사와 후생복지에도 일조했다

나는 건강이 좋지 않아 고향에 가서 약 1년 2개월간 국방의 의무(방위)를 받았지만 공무원연금 관련 근무경력은 딱 1년만 인정받았다. 또한 1월 12일자 발령이라 당시 급여에 결정적 영향을 끼친 호봉책정 시(매년 1월과 7월) 한 달에 11일이 부족하여 급여에 불이익을 받은 아픈 기억도 있었다. 그래서 관리자가 되었을 때 내가 쫄따구 시절 억울하게 당했던 것을 후배들에게는 물려주지 말자고 다짐했기에 직원들 후생복지에 좀 더 신경을 썼다.

첫 번째, 구청 교통행정과에서는 교통 분야 특사경(특별사법경찰관) 팀이 있었으나 예산이 없다는 사유로 직원들이 관련 업무 수당을 받지 못한 것을 받도록 해주었다.

두 번째, 일자리창출과에서는 공무원 신분에서 무기 계약직으로 전환한 직원들이 그동안 받지 못했던 시간외수당과 출장비, 연가일수에 대해 정부에 질의도 하고 변호사 자문 등을 통해 일정 부분 해결해 주었다.

또한 인사발령 시 직원들의 고충에 대해 내가 할 수 있는 것은 다 하도록 노력했다. 건설행정과에 있을 때의 일이다. 구청에 온 지 얼마 안 돼 첫 인사 발령 때 서무주임이 다른 부서로 가게 되어 서무주임을 다시 지정해야 되었다. 그런데 과장인 내게 사전에 한마디 상의도 안 하고 담당자와 팀장이 일방 추진한 적이 있었지만 묵인해 준 적도 있다. 그리고 국장(4급)에게는 국장을 보좌하는 서무요원(6급 무보직)을 1명씩 배치하는데 과거에 같이 근무했던 직원이 옹고집에 성격이 다소 급한 측면이 있어서 그랬는지 다른 국장들로부터 지명을 받지 못한 상태였으나 도움을 요청해 와서 같이 1년 6개월을 성실하게 근무한 결과 팀장으로 보직을 받은 경우도 있었다.[1]

1. 한 부서의 서무주임(일명 왕주임) 자리는 매우 중요하다. 서무주임은 부서장의 회의 자료를 주로 챙기는 등의 역할을 한다. 서울시의 경우는 승진하는 자리로 인식되어 일 잘하는 왕고참이 보통 맡게 된다. 그래서 인사철만 되면 주무부서 주무팀의 서무자리는 경쟁이 치열하다. 하지만 구청은 좀 다른 것 같다. 서울시처럼 왕고참이 담당하는 게 아니라 9급이나 8급 초임들이 주로 하고 있었다.

구청에 와서 많은 새로운 만남들이 있었다

그동안 공직생활 중 김주사는 몇몇 관리자를 빼고는 정말 인복이 많은 것 같다. 특히나 금천구청에 와서 많은 분들을 만나 정말 행복하고 보람된 시간을 보냈다.

- 구청에 와서 첫 발령을 받아 같이 근무한 직원들
- 구청에 왔을 때 내가 유일하게 아는 직원
- 빽을 동원해서 서무자리를 꿰찬 직원
- '당돌한 여자' 노래를 잘 부른 진짜 당돌한 서무주임
- 공무원 첫 발령에 같이 근무하고 진급도 같이 한 신규직원
- 외국출장을 두 번이나 같이 간 직원
- 당구와 골프를 치게 해 주고, 물고기를 키우게 해 주고, 하모니카를 불게 해 주는 등 내게 취미생활을 갖게 해 주신 분들
- 돈을 많이 벌라고 해바라기 그림을 손수 그려준 직원
- 결혼 답례품으로 "깨 볶으며 알콩달콩 살겠습니다."라고 새겨진 깨통을 준 직원
- 순간의 실수로 음주운전을 했지만 기사회생한 직원
- 나들가게를 살려 보겠다고 열정을 다하신 분들
- 무기계약직인 직업상담사분들
- 불행히도 이 김주사와 2번 이상 같이 근무한 직원들
- 같이 근무한 후 사무관, 6급, 7급, 8급으로 승진을 하신 직원들

- 늦게나마 6급으로 진급하고 보직까지 받은 팀장님들

- 토목, 건축 등 기술직 직원 분들

- 근무평정도 못 받고 지지리도 복도 없어 죽어라고 일만 하는 직원들

- 재미있는 이름을 가진 직원들(★귀연(아버지 이름), ★미선(처 이름) 등)

- 탁구장, 당구장, 술자리에서 처음 만난 직원 분들

- 이 김주사가 공로연수와 퇴직으로 볼 날이 얼마 안 남았다고 모른 척하신 분들

- 퇴직을 했음에도 지금까지 연락을 해 주시는 선배님들

- 이름 석 자도 몰랐는데 나를 구청으로 불러 주신 차성수 전임 구청장님

- 민선7기 '동네방네. 행복도시 금천'을 만들기 위해 불철주야 노력하시는 유성훈 구청장님과 비서진들

- 금천구 지역발전과 주민복지에 힘쓰고 계신 지역 국회의원·시의원·구의원님들

- 금천구 여러 단체와 위원회 등에서 금천구를 위해 노력하고 계신 주민분들 등등

정말 새로운 만남에 한없이 기쁘고 감사하고 또 감사하다.

해바라기(돈의 상징)

/ 제8장 /

김주사의 교육, 승진, 인사, 봉급, 연금은 어떠했을까?

○○○

공무원은 직급에 따라 직무교육뿐 아니라 성인지 교육, 교양 교육 등 연간 일정 시간 교육을 받아야 한다. 교육시간을 이수하지 못하면 승진도 할 수 없다. 인사이동도 직급에 따라 일정기간이 지나면 다른 부서로 이동을 해서 새로운 업무를 하게 된다. 정기 인사이동은 연2회 정도 하는데 그때는 각종 로비 등도 이루어지곤 한다.

〈교육〉

공직생활을 바꾸게 한 2번의 전산교육을 받게 되었다

진급(7급→6급)을 위해 죽어라 공부했다

비록 유학은 못 갔지만 일본어 교육만큼은 가고 싶었다

퇴직을 얼마 안 남기고 간 교육이 너무 좋았다

〈승진〉

승진시험(9급→8급) 때문에 신혼여행을 가지 못했다

사무관 진급을 위해 시청 근처에서 4년간 자취생활을 했다

서울시청에서 구청으로 오면서 4급으로 진급할 수 있을까?

〈인사발령〉

김주사의 인사발령은 수난의 연속이었다.

김주사가 구청으로 가게 된 사연은?

〈봉급/연금〉

김주사의 봉급과 연금은?

〈교육〉

공직생활을 바꾸게 한 2번의 전산교육을 받게 되었다

9급 시절 첫 발령지 동사무소에서 약 1년 6개월쯤이 지날 무렵이었다. 우연히 서무주임 책상에서 구청에서 내려온 공문서를 하나 발견했다. 내용은 서울시공무원교육원(現 서울시인재개발원)에서 전산교육생을 모집한다는 내용이었다.

공무원도 이런 교육을 받을 수 있구나 하면서 너무도 기뻤었다. 그것도 1개월 과정 교육이었다. 나는 어떻게 해서든 교육을 가고 싶었다. 그러나 동사무소 여건상 직원 1명이 빠지면 내가 하던 일을 나머지 동료들이 나누어서 처리해야 했기에 1개월간 교육은 엄두도 낼 수 없는 상황이었다. 그래서 서무주임은 직무교육 등 필수교육이 아닌 1주 이상 가는 교육은 직원들에게 문서를 공람시키지 않는 게 당시의 관행이었다.

그럼에도 불구하고 나는 교육을 가야겠다고 다짐하고 술 좋아하는 선배(김동○님)에게 도움을 요청했다. 선배는 걱정하지 말라고 하면서 일사천리로 작업을 시작했다. "쇠뿔도 단김에 빼야 한다."고 하면서 구청 관계자와 함께하는 식사자리를 마련해 주었고, 동장님과 사무장님께 미리 말씀을 해 놓으셨는지 내가 다음 날 교육을 가고 싶다고 말씀을 드리니 두말 않고 허락해 주셨다.

이렇게 해서 나는 그렇게 가고 싶었던 1개월짜리 제2기 전산교육 기초과정 교육(1985.8.19~9.14)을 가게 되었다. 만약 서무주임 책상에서 교육관련 문서를 보지 못했다면 나는 어떻게 되었을까? 아마도 다른 직원들처럼 일반 행정업무만 36년 동안 했을지도 모르겠다.

여기서 난 또 하나를 배웠다.

"선배의 힘~~을!"

"술과 돈의 위력~~을!"

"인간관계의 중요성~~을!"

나는 동장님, 사무장님, 선배동료들께 조금이라도 보답하고자 정말 열심히 교육을 받았고 아쉽지만 0.1점이 모자라 2등을 했다.

교육을 마치고 동장님과 사무장님께 인사를 드렸더니 두 분은 "정말 수고했다. 너는 동사무소에 있지 말고 구청이나 시청으로 가서 근무해라." 하시면서 격려를 해 주셨다. 그런데 교육이 끝나갈 무렵 전자계산소(現 서울시 데이터센터)에 견학을 가게 되었는데 그곳에 계신 6급 계장님께서 "하반기에 2개월짜리 전문 과정 교육이 또 있을 예정이다."라고 하시는 게 아닌가?

이것은 하늘이 나를 위해 만들어 준 기회라 여기고 견학이 끝나자마자 6급 계장님을 찾아가 어떻게 하면 전문 과정 교육을 받을 수 있는지를 문의했다. 계장님은 "동사무소에서 또 교육신청을 하면 적성검사 등을 보고 선발을 할 예정이다."라고 하였다. 나는 "그것은 말도 안 된다" "동사무소에서 또 교육을 보내주는 것은 하늘에서 별 따기보다 어렵다"는 등 떼를 쓰면서 6급 계장님께 "제발 일정 인원만큼이라도 이번 1개월 교육과정 성적과 적성검사 결과를 보고 선발해 달라"고 부탁을 드렸다.

지성이면 감천이라고 이것이 받아들여졌는지 나는 '1개월 교육과정에서 성적 2등에 적성검사 1등'을 해서 당당히 2개월짜리 제1기 전산전문과정 교육(1985.10.14~12.7)도 받게 되었다. 당시 내가 적성검사에서 1등을 하게 된 것은 어떻게든 교육을 가고 싶어 적성검사 책을 사서 달달 외워서였다. 다시 말해 적성을 조작했던 것이었다.

여기서 나는 또 하나의 교훈을 얻었다.

"두드리면 열린다는 것을!"

〈교육〉

진급(7급→6급)을 위해 죽어라 공부하다

공무원교육원에 근무하고 있을 때였다. 당시 서울시 공무원들은 승진을 하기 위해서는 반드시 직무교육을 받아야 하고 교육 중 보게 되는 시험에서 좋은 성적을 받아야 승진을 했다. 나도 직무교육을 받기 위해 항상 메모수첩을 들고 다니면서 1년 가까이 교육갈 준비를 했다. 그래서 팀장님께 교육을 보내 달라고 했으나 팀장님은 알았다고만 하고 대답이 없었다. 그리고 한참이 지나서야 교육 가는 건 어려울 것 같다고 했다. 왜 교육을 갈 수 없냐고 했더니 황당하게도 교육을 주관하는 부서의 모 팀장님이 교육원 직원들은 교육을 가면 안 된다고 했다는 것이었다.

참으로 황당한 궤변이었다.

그 사유는 이랬다. 당시 교육원에 근무하는 직원들이 교육을 가면 다른 기관의 교육생보다 교육점수가 다소 높았기 때문에 오해를 받을 수 있으니 교육을 갈 수 없다는 것이었다.

하지만 승진을 목전에 둔 직원들은 의무적으로 직무교육을 받아야 한다. 나를 포함한 몇몇 직원들은 반드시 교육을 받아야만 했다. 하지만 그 팀장의 갑질로 인해 교육원 직원들은 당시 몇 개월 동안 교육을 가지 못했다. 그래서 교육을 받아야 하는 직원들의 항의가 있었고 상당기간이 지난 다음에서야 나는 교육을 가게 되었다.

어렵사리 교육을 갈 수는 있었지만 이번엔 또 다른 갑질로 심한 스트레스를 받았다. 이번에는 우리 팀장이 갑질을 했다. 교육을 가게 되면 직원들은 대부분 미리 교육 준비를 하기 위해서 적게는 2~3일 많게는 1주일가량 연가를 내기도 하고 교육원 주변에서 미리 하숙을 하고, 학생간부(학생장·부학생장)가 되기 위해 로비를 하는 등 단 1점이라도 더 받기 위해 치열한 싸움(공부)을 한다.

당시 교육을 못 가게 했던 모 팀장도 자기 부서 여직원에게 1주일 동안 연가를 허락해 주었는데 우리 팀장은 별로 바쁘지도 않았음에도 불구하고 내가 없으면 아니 되었는지? 그저 바쁘다는 핑계로 연가를 허락해 주지 않았다. 이런 우라질~~~

겨우 겨우 팀장을 졸라 하루 반(금, 토) 연가를 내서 교육을 가게 되었다. 교육 중 나는 집에 들어가지도 않고 교육원 생활관에서 하루 4시간도 안 자고 뒤져라 공부를 해 2등을 했다.

내가 교육원 생활관에서 공부를 할 수 있었던 이유는 그동안 교육생들이 교육원 인근에서 하숙을 하는 것에 대한 애로사항을 교육원에 꾸준히 제기해서 이를 해소하는 차원에서 처음으로 희망자에 한해 생활관을 시험보기 전까지 무료로 이용할 수 있게 했기 때문에 가능했던 것이다. 이것도 내게는 관운이나 다름없었다.

〈교육〉

비록 유학은 못 갔지만 일본어 교육만큼은 가고 싶었다

고등학교 때 가장 어려운 과목이 영어였다. 오죽하면 대학을 가기 위해 입시를 준비했을 때 영어는 포기하고 대신 일본어로 바꿔 시험을 봤을까?

내 주변의 행시출신 사무관들은 공무원 재직기간 동안 평균 2회 정도 외국유학을 가는 것 같다. 그러다 보니 행시출신이 아닌 직원들의 불만과 노조의 지속적인 문제 제기가 이어져 차츰 하위직까지 장기국외훈련(일명 유학)이 확대되어 주변에서도 다수가 유학을 갔다 오게 되었고, 통상 2년 유학하면서 유학비는 시에서 지원을 받았다. 그럴 때마다 나는 그들이 너무도 부러웠다.

하지만 나는 유학을 갈 수가 없었다. 외국어 실력은 바닥이었고 유학보다는 사무관 진급이 더 중요했다. 그렇지만 유학은 포기하

더라도 일본어만큼은 공부해야겠다는 생각은 늘 갖고 있었다.[1]

나도 타 부서 전출을 목전에 두고 있을 무렵 수원에 있는 국가공무원교육원에서 2개월간 합숙하는 외국어 과정 교육생을 모집한다는 소식을 접하게 되었다.

수원에 있는 국가공무원교육원에 전화를 해 보니 교육은 영어, 일어, 중국어 3개 과정에 각각 20명 내외로 선발하고 2개월간 합숙을 하게 되며, 입학생은 프리토킹을 통한 간단한 면접 테스트로 선발한다고 했다.

나는 과장님의 선처와 팀장님 이하 팀원들의 배려로 교육을 신청하게 되었다. 하지만 걱정이 정말 많았다. 일본어 공부도 대학입시 때 혼자서 독학으로 한 게 전부인데 프리토킹이라니 정말 눈앞이 깜깜했다. 그래도 교육은 꼭 가고 싶었다.

그래서 모 외국어 학원에 전화를 해서 일본어 선생님(여성)과 통화를 하면서 사정 얘기를 했더니 간단한 인사말을 알려주겠다고 하여 영등포의 한 카페에서 만나 즉석에서 한 페이지 분량의 인사

1. 유학 갈 수 있는 외국어 점수는 영어 TOEIC 700점, TEPS 600점, 서울대 등 어학검정 60점 이상, 일본어 JLTP N2 100점 이상, 중국어 신HSK 5급 180점 이상이었다.
• 기관마다 다를 수 있지만 공무원들은 보통 2~3년에 한 번씩 다른 부서로 인사이동을 한다.

말을 일본어로 공부를 했다. 너무도 고마워서 사례를 했지만 그 여자 강사님은 극구 사양했다. 나는 그때 공부한 내용을 수십 번을 읽고 쓰고 외웠다. 그런데 불행하게도 선발시험이 프리토킹이 아닌 JPT 시험으로 바뀌었다. 나는 JPT시험을 본 게 그때가 처음이었다. 성적은 990점 만점에 290점 정도 나왔다. 찍어도 250점인데…. 그래서 떨어졌구나 하고 포기를 하고 있었는데 뜻밖에도 교육명령이 났다. 나중에 알고 보니 일본어 과정 신청자가 적어서 성적과 상관없이 선발했다는 것이었다. 덴장… 어찌되었건 나는 정말 하늘로 날아가는 기분이었다.

그사이 과장은 바뀌었고 새로 온 과장은 교육을 가지 말라고 했지만 나는 기어코 교육을 갔다.

교육 첫날 일본어 과정 오리엔테이션을 하는데 교육생은 9명이었다. 그리고는 실력을 평가한다면서 또 JPT시험을 봤다. 그런데 이번에는 잘못 찍었는지 처음 봤던 점수보다 더 낮게 나왔다. 내 성적은 도토리 키재기였지만 9명 중 8등이었다. 그나마 나보다 못한 사람이 한 명 있어서 조금은 위안이 되었다. 9명의 성적 분포도는 800점대 1명, 600~700점대 2명, 500~600점대 3명, 400~500점대 1명, 200점대 2명이었다. 물론 나는 200점대였다.

수업은 아침 10시에 시작해 오후 5시에 끝났고, 저녁 식사 후 7

시부터 9시까지 보강수업과 자율학습을 했다. 교수(강사)님은 3명이었는데 일본인이 2명, 일본에서 유학을 하고 돌아온 한국인이 1명이었으며 강의는 일본어로 했는데 꼴등들을 위해 가끔씩 한국어로도 강의를 해 주셨다. 그리고 매일 아침이면 쪽지 시험을 봤다. 전날 배운 범위에서 시험을 보는데 일본어(히라가나 또는 가타가나) 단어를 한문으로 쓰는 것과 한문을 일본어로 쓰는 시험을 각각 10문제씩 봤다. 말하기와 듣기 실력은 꼴등이지만 쪽지시험만큼은 지고 싶지 않았다. 그래서 나는 밤늦게까지 공부를 했고 아침마다 보는 쪽지 시험만큼은 어느 정도 점수가 나왔다. 그렇지만 일본어로 강의만 하면 거의 멘붕 상태였다.

내가 수업을 이해하는 수준은 5%도 안 되었다. 그렇지만 2개월 교육을 마칠 때쯤에는 그래도 약 15% 수준까지는 알아들을 수가 있었다. 돌이켜 보면 만약 교육이 6개월 과정이었으면 아마 50%쯤은 알아들었을지도 모르겠다는 생각도 들었다.

교육을 받을 때 가장 힘들었던 부분은 수업시간에 못 알아듣는 게 아니었고 점심시간 때였다. 그 시간만 되면 강사님들과 함께 식사를 하는데 JPT 200점대 2명을 제외한 7명은 강사님과 어느 정도 이야기를 했지만 나는 꿔다 놓은 보릿자루처럼 아무 말도 할 수 없었다. 그래도 나는 희망을 갖고 교육을 받았다. 7박 8일 일본 연수를 마치고 연수원에 와서는 마지막 평가인 JPT 시험을 봤다.

결과는 또 형편없었다. 350점 수준에 불과했다. 외국어가 단시간에 안 된다고 하지만 이렇게 어려운 것인지 정말 몰랐다. 나는 정말 화가 났다.

어렵게 2개월이나 합숙을 했건만 겨우 JPT 점수 100점을 올렸으니 말이다. 그래도 혼자서 일본까지 가 보고, 일본에서 지하철도 타 보고 호텔까지 찾아가면서 일본인과 대화도 하는 등 현장교육을 해 보면서 조금은 위안이 되기도 했고, 일본인을 만나도 피하기보다는 말을 걸어 보고 싶다는 생각이 들어 교육의 효과는 분명 있었다고 감히 말하고 싶다.

교육을 마치면서 나는 한국인 강사님께 교육은 비록 끝났지만 JPT 500점은 반드시 넘기겠다고 약속을 드렸다. 그리고 난 그 약속을 지켰다. 그해 나는 JLPT 3급을 땄고, 그 이듬해는 3번의 JPT 시험을 봐서 딱 500점을 획득했다.

〈교육〉

퇴직을 얼마 안 남기고 간 교육이 너무 좋았다

퇴직을 앞두다 보니 시간적 여유가 조금은 있는 듯해서 평소 가고 싶은 교육을 신청해 가게 되었다. 하나는 서울시인재개발원에서 하는 사진 강좌인 'DSLR 교육'이고 또 하나는 경남 산청한방자연휴양림에서 하는 '동의보감촌 힐링아카데미 교육'이었다.

서울시에 있을 때 사진동아리(포토락)를 운영해 본 경험은 있으나 사진에 대해 더 공부를 해 보고 싶었고 퇴직 후에는 취미로도 해 보고 싶어서 'DSLR 교육'을 가게 되었다. 결론부터 말하면 그동안 받은 교육 중 전산교육을 빼고는 정말 보람 있는 교육이었다. 사진 전반에 대한 교육뿐만 아니라 실습을 통해 혼자서도 피사체에 따라 조리개, 셔터스피드, ISO 조절 등을 배울 수 있는 계기가 되었다.

'동의보감촌 힐링아카데미 교육'은 한마디로 힐링교육이었다. 실습을 위주로 하는 교육으로 각종 약초를 가지고 손 세정제, 탈모 예방 샴푸, 십전대보탕(3첩), 명진단(3개), 산삼이 아니라 아쉽긴 하지만 산양삼으로 36.5도짜리(착오로 38.5도, 일명 체온주) 담금주를 만들어 보기도 하고, 화병과 스트레스에 좋다는 국화차와 연꽃차를 마시고 난 후 명상도 하고, 여승들만 있다는 대원사를 걸어 가면서는 지척으로 널려 있는 약초에 대해 공부도 하고, 아침이면 지리산 자락의 운무도 보고, 비록 가 보지는 못했지만 철쭉꽃으로 유명한 황매산도 바라보는 경험도 했다. 여성의 젖꼭지를 닮았다는 필봉산을 뒤로한 숙소도 좋았다. 뿐만 아니라 교육 후 인근 합천에 가서 사진도 찍고, 3가지(삼지구엽초, 야관문, 하수오) 한약재를 구입해 와서 집에서 담금주를 만드는 등 정말 잊지 못할 힐링교육이었다.

교육을 받고 나서 느낀 점은 금천구청에 감사하다는 것이었다. 교육은 12개 기수로 30명 내외로 했는데 서울 25개 구청 중에서는 유일하게 금천구청 직원만 8개 기수별로 1~4명씩 교육을 받았다. 다시 말해 다른 자치단체에서는 교육비(1인당 35만 원)와 교육에 따른 직원들의 업무 부담으로 교육을 안 보내 주었지만 금천구청은 재정도 어려운 상황에서 직원들 교육에 적극적이었다는 것을 새삼 알게 되었다. 그래서 그런지 서울시 25개 자치구 중 금천구가 2019년도 정부합동평가에서 당당히 1등을 하지 않았나 싶다.

〈승진〉

승진시험(9급→8급) 때문에 신혼여행을 가지 못하다

1984년 1월 9급으로 들어와 4년이 지날 무렵이다.

결혼하기 2~3주 전쯤 되었을까? 갑자기 내가 공무원 승진 심사 대상에 들어갔으니 승진시험(9급→8급)을 보라는 것이었다. 승진시험은 근무평정점수(100점)와 시험성적(2과목평균 100점)을 평균해서 합격자를 결정한다. 당시 우리 전산실은 나와 선배 둘이 승진시험 대상이었다. 선배는 근무평정점수가 98점이었고 나는 63점 정도였다. 따라서 선배와 근무성적만 비교했을 때 이미 약 35점(7문제)이 부족했다. 합격자는 대체로 근무성적이 95점 이상 되어야 하고 시험성적도 2과목 평균 75점(필수-행정법, 선택-행정학, 총 40문제 중 10개 이상 틀리면 떨어짐) 이상 되어야 승진한다고 했다.

나는 산술적으로 7문제를 극복해야 하는 등 역부족이었지만 그래도 도전은 해 봐야 했기에 아내 될 사람을 설득하여 '신혼여행은 나중에 가기로 하고, 일단 가까운 곳(워커힐, 1박)으로 갔다가 시험에 열중하기'로 했다. 그렇게 과거 대학 입시공부 할 때를 생각하고 죽어라 공부를 했지만 승진을 하지 못했다. 신혼여행도 가지 못한 마당에 아내에게 정말 미안했다. 다음에는 꼭 승진을 해서 기쁘게 해 주어야겠다는 생각에 1년간 승진시험 준비를 해서 이듬해 승진을 했다. 5년 2개월 만에 9급에서 8급으로 승진을 한 것이다. 그래도 난 운이 좋아 승진이 빠른 편에 속했다. 어떤 선배들은 10년이 지나서야 승진(9급→8급)을 했으니 말이다.[2]

선배들은 대체로 시험보기 1~2년 전부터 시험준비를 한다. 특히 6급(구청과 사업소 팀장급)과 5급(구청과 사업소 과장)으로 승진시험을 보는 선배들은 시험보기 1~2개월 전에는 출근을 해서 사무실 내 비어 있는 골방 같은 곳에서 공부를 하거나 심지어 출근도 하지 않고 인근 여관 등에서 공부를 하는 게 당시에는 일반적인 현상이었다. 이 또한 한 번에 승진을 하면 모를까 수차례 시험에 떨어져 민폐를 끼친 선배들도 많았다. '승진이 뭐길래' 어떤 선배들은 승진을 조작하는 사례도 발생하는 등 정말 많은 문제점이 발생했다.[3]

---

2. 지금은 서울시와 구청의 경우 9급에서 8급으로의 승진은 시험도 보지 않고 3년 이내에 거의 대부분 승진을 한다.

3. 토익 170점 → 770점 조작 승진 공무원 적발 (한국경제, 2007.08.23)
   • 출근 않고 독서실 가는 '간 큰 공무원' (광주CBS, 2009.08.25)

〈승진〉

사무관 진급을 위해 시청 근처에서 4년간 자취생활을 하다

서울시에서 사무관 진급은 한마디로 전쟁이다. 소리 없는 전쟁이 아니고 '너 죽고 나 살기' 전쟁이다. 업무성과는 두말할 것도 없지만 자기를 어필하지 않으면 사무관 진급은 포기하는 게 좋을 정도였다. 당시 주사(6급)에서 사무관(5급)으로 진급은 대략 6~10년 정도 걸린다. 그래서 주사 3~5년 차가 되면 대략 3~5년은 사생활은 물론 가정도 일정부분 포기해야만 겨우 진급이 가능했다.

그 기간 동안에는 다음과 같이 해야만 그나마 희망이 보였다.

- 7시 이전에 출근해서 10시 이후 퇴근한다.
- 업무에 지장을 주기 때문에 술은 가급적 먹으면 안 되고, 설령 먹게 되더라도 1~2잔만 먹어야 한다.
- 주말 이틀 중 하루는 반드시 출근해야 한다.

- 가능한 주무팀에서 팀장님과 과장님을 보필해야 한다.

- 업무는 부서에서 가장 비중 있는 일을 해야 하고 반드시 성과를 내야 한다.

- 다면평가를 위해서는 모든 직원들과 소통은 필수이다. 등등

최소한 이 정도는 해야 겨우 근무평정(일명 근평)을 받을 수가 있기 때문이다.

근평은 6개월마다 하는데 적게는 4번 많게는 6번 이상 '수'를 받아야 겨우 승진 서열에 들어갈 수 있다.[4]

김주사도 승진서열에 들어가기 위해 시청 근처 재개발 예정 지역에서 약 4년간 자취 생활을 했다. 자취를 할 수밖에 없었던 것은 집이 안산이라 출퇴근에 많은 어려움이 있었기 때문이었다. 재개발지역이라 집이 오래된 관계로 여름 장마철이면 비가 새기도 했지만 월세는 보증금 200만 원에 월 20만 원으로 저렴한 편이었다. 자취는 내게는 생소한 생활이라 처음에는 많은 어려움이 있었지만 차츰 적응이 되어 갔다.

매주 금요일이면 빨랫감과 빈 반찬통을 가지고 집에 가서 옷가지랑 반찬거리를 준비해서 토요일에 다시 서울에 왔다. 그리고 토요일이나 일요일에는 사무실에 출근해서 잔무를 처리하곤 했다.

---

4. 근평은 '수', '우', '양'으로 평가한다. 같은 직렬/직급 5명에 하나씩 '수'가 나오고 '양'을 받으면 승진은 불가능하다. 그래서 공무원들은 동물 중에 '양'을 제일 싫어하고 '양고기'도 먹지 않는다는 우스갯소리도 있다.

〈승진〉

역량평가를 통해 사무관(5급) 승진을 했다

나는 택시업무 중 중요한 업무들을 추진할 수 있어서 관리자(과장, 국장, 본부장)로부터 좋은 평가를 받아 자취생활 3년 만에 승진서열에 들어가게 되었다. 당시 행정직 승진대상은 31명이었고 승진서열명부에 들어간 사람은 81명이었다. 나의 서열은 중간쯤이었다. 승진대상 30명 중 15명은 심사승진을 시켰고, 나머지 16명은 역량평가 95%와 다면평가 5%를 반영하여 승진을 시키기로 되어 있었다. 나는 역량평가 대상이었다.

역량평가 대상도 그냥 되는 게 아니다. 사전에 '자격이수시험'을 통과해야 가능했다. 행정법은 필수과목이었고, 선택과목인 행정학, 도시행정, 민법 등에서 1과목을 선택하여 2과목 시험을 봐서 평균 60점 이상 획득을 해야만 대상에 들 수 있었다. 일부 직원들은 어렵게 서열에 들어갔음에도 자격이수시험을 통과하지 못해 역량평가를 보지 못한 경우도 더러 있었다.

나는 역량평가 시험대상자 81명 중 심사승진자 15명을 빼고 나머지 66명 중에서 역량평가를 통해 16등 안에 들어야 승진을 할 수 있었다.

역량평가는 1년 전에 도입되어 기수로 따지면 이번이 3번째 시행하는 것이었다. 일부 직원들은 오래전부터 역량평가에 대비해서 300만 원 상당의 과외를 받았다는 얘기도 들었다. 실제로 내게도 과외를 받으라고 연락이 오기도 했지만 돈도 없을뿐더러 거금 300만 원을 들여서 과외를 하고 싶지는 않았다. 설령 과외를 한다한들 역량평가 시험에 합격한다는 보장도 없어서 과외는 생각조차 하지 않았다. 결론적으로 나는 준비를 전혀 하지 못했다.

역량평가는 ①서류함 기법, ②종합사례연구(보고서 작성), ③인터뷰(역할연기 등) 등 3가지 방식으로 평가를 했다.

첫 번째는 '서류함 기법'을 테스트했다.

상호 연관된 자료 10여 종류에 약 50페이지 분량의 자료를 제공해 주는데 그 자료를 토대로 질의에 대한 답변서를 쓰는 것이다. 그리고 작성한 내용에 대해서는 별도로 질의응답을 하는 시험이다.

즉, '○○팀장'으로서 2시간 후에 외국에 출장을 가게 되는 가상 상황이 주어지고 그에 따라 동료, 부하직원, 간부로부터 7~8문제의 질의서가 메일로 통보된다. 그러면 그 질의에 대한 답변서를 주어진 자료를 토대로 문제당 간단(A4 1페이지 이내)하게 작성을 해야 한다.

두 번째는 '종합사례연구'로 보고서를 작성하는 테스트를 한다.

15여 종류의 약 100페이지 분량의 자료를 주면서 보고서(즉, '○○○매출 증대 방안' 등)를 작성하는 시험이다. 보통 B4 용지에 약 10여 페이지 내외로 작성을 한다.

세 번째는 '인터뷰(역할연기 등)' 테스트를 한다.

인터뷰는 '서류함 기법'에서 작성한 내용을 토대로 평가를 하고 '역할연기'는 10여 종류의 약 30여 페이지 분량의 연관된 자료를 주면서 상대방(민원인, 부하직원, 동료, 간부)을 설득하는 식으로 평가를 한다.

역량평가 문제는 공무원이 취급하는 업무는 형평성을 위해 철저히 배제되고 민간에서 처리하고 있는 업무를 가지고 출제를 했다.

나는 심사승진을 한 친구로부터 넘겨받은 자료를 가지고 어느 정도 공부를 했지만 어떤 주제가 나올지 모르기에 정말 막막했다. 자료를 받고서 2시간 정도 공부를 했지만 더 이상 할 게 아무것도 없었다. 그리고 먼저 역량평가를 봤던 동료와 선배 2명으로 부터 자문을 받은 게 전부였다.

특히 선배가 해 준 말이 인상 깊었다.

"역할연기 때 평가자(교수)를 웃기라"고 한 말이다. 하지만 평가 날이 다가올수록 잠도 안 오고 걱정만 됐다. 그러다가 TV를 켰는데 드라마(사극)를 하길래 금요일부터 일요일까지 약 30여 편의 드라마를 봤다. 드라마를 보면서 나는 중간 중간에 신하와 임금 간, 대신들 간 대화 중에 갈등 장면이 나오면 저럴 때 이 김주사라면 어떻게 하면 되는지를 연상해 보기도 했다.

그리고 드디어 역량평가 날이 돌아왔다.

월요일은 오리엔테이션에 5~6명씩 조 편성을 하고
화요일은 '서류함 기법'
수요일은 '종합사례연구(보고서 작성)'
목요일은 '서류함 기법에 대한 인터뷰와 역할연기' 시험을 봤다.

가장 궁금한 것은 역량평가 문제에 대한 '주제'였다.

나는 첫날 서류함 기법 자료를 받아 보고는 정말 기분이 좋았다. 문제의 주제가 공항과 관련된 것이었기 때문이었다. 나는 공항에 대해서는 정말 아는 게 하나도 없었는데 그나마 외국인관광택시를 도입하면서 인천공항을 약 20여 차례 방문을 했기에 주제가 다소나마 나에게 친숙하게 느껴져 조금이라도 위안이 되었던 것이다.

'서류함 기법' 시험과 '보고서 작성' 시험은 그럭저럭 봤다.

마지막 '서류함 기법' 시험에 대한 '인터뷰 시험'이 있었는데 평가자(교수)는 나에게 이렇게 물었다.

"당신은 팀장이나 되면서 출장을 갔다 와서 해도 될 일들을 하나같이 직원들에게 하라고만 했는데 그게 팀장으로서 맞는 것이냐? 책임회피 아니냐?"라고 핀잔성 질문을 했다.

나는 순간 당황했지만, 이렇게 답변을 했다.

"교수님! 교수님은 일을 하면서 직원들을 믿지 못하고 일을 하십니까?"

"저는 우리 팀원들을 믿습니다."

"그래서 저는 직원들에게 방향을 제시해 주고 직접 일처리를 하라고 했습니다."

"그것은 책임회피가 아닙니다."

"일을 하다 보면 시급한 것도 있는데 내가 출장 갔다 오면 늦을 수도 있기에 그리 했습니다."라고 말이다.

답변을 하고 난 다음 평가자(교수)의 표정을 보니 나빠 보이지는 않았다. 그리고 마지막 평가인 '역할연기'만 남게 되었다. 역할연기는 같은 부서 팀장도 아니고 다른 부서 주무팀장에게 내가 해야 될 일을 맡겨 하도록 설득하라는 것이었다. 처음에는 점잖게 설득을 했는데 내가 설득을 해야 하는 팀장은 한마디로 무뚝뚝한 표정으로 "당신 일은 당신이 알아서 하라"는 식으로 나왔다. 2~3분을 설득했지만 그 팀장은 막무가내였다. 시간은 흘러가고 정말 답답했다.

그런데 난 순간 선배의 조언이 생각났다.

역할연기에서 선배가 해 준 조언대로 '평가자(교수)를 웃겨야겠다.'고 생각했다.

그래서 나는 목소리를 높이기 시작했다.

"아니 팀장님! 정말 답답하십니다."

"팀장님! 진짜 주무팀장 맞아요?"

"기관의 주무부서 주무팀장쯤 되면 자기 팀만 생각할 것이 아니고 기관 전체를 생각해야 되는 것 아닌가요?"

"그만큼 사정을 하면 들어줄 만도 한데 아니 사정하기 전에 내가 외국출장을 가니까 미리 도와줄 것 없는지 먼저 물어봐야 되는 것 아닌가요?"

"그렇게 융통성이 없어서 다음번에 진급하시겠습니까?"

"진짜 마지막으로 한 번만 더 부탁합시다."

"이참에 나도 좀 진급 좀 합시다!"

"내가 진급을 하면 다음번에 화끈하게 팀장님 도와 드릴 테니까 한 번만 도와주세요."

라고 소리를 높이면서 설득을 했다.

그랬더니 그 팀장(평가자)은 웃으면서 당신 같은 팀장 처음 봤다면서,

"내가 당신한테 졌소!"

"그래 이번 한 번은 내가 양보하겠습니다."라는 답변을 듣고 역할연기를 마쳤다. 시간을 보니 주어진 시간 1분 전이었다.

역량평가가 끝나고 나중에 보내준 평가결과를 확인해 보니 3가지 평가 중에서 역할연기에서 점수가 제일 좋게 나왔다. 선배의 조언은 대성공이었다.[5]

보직발령은 2010년 3월 1일자로 받았지만 사무관으로 정식발

---

5. 백인호 선배님! 이 책을 통해 진심으로 감사드립니다. ♡

령은 11월 1일자로 받았다.

행정직 사무관 승진 동기 31명은 3번에 걸쳐 발령(보직발령은 3월, 승진발령은 6월, 9월, 11월)을 받았다. 발령순서는 승진자 교육 시 성적순으로 냈다. 나는 승진에 취해 교육 중에 실시하는 시험에는 전혀 관심이 없었고 오로지 즐기는 데만 집중하다 보니 성적이 최하위권이어서 제일 마지막에 승진발령을 받았다.

비록 첫 번째 승진발령자보다 8개월이나 늦게 발령을 받아 급여도 다소 적게 받았지만 나는 사무관으로 승진한 것만으로도 충분해서 개의치 않았다.

사무관이 되고 보니 이번엔 인재개발원에 강의할 기회가 생겼다. 시청과 구청직원을 대상으로 2시간짜리 교통행정과정에 ITS 전반에 관한 것을 주제로 하는 강의였다. 강의는 나에게 나름 ITS 전반을 총정리하는 계기가 되었고 덤으로 강의료도 받아 용돈도 생겼다.

또 한 번은 국내 모든 기업체를 대상으로 CCTV 관련 콘퍼런스가 열렸는데 나에게 1시간짜리 강의요청이 들어왔다. CCTV와 ITS는 분야가 달라 처음에는 정중히 거절했으나 거듭된 요청에 수락을 했다. CCTV에 대해 공부하는 계기가 되었고, 당시 자료를 조사하면서 "우리나라는 CCTV 공화국이다."라는 것을 새삼 알게 되었다. 당시 우리나라 CCTV 대수는 인구대비 세계 3위쯤 된 듯 했고 한 사람이 하루에 CCTV에 노출되는 횟수가 83회인 것을 알고 정말 놀랐다. 2020년도 현재는 아마도 세계 1위쯤 되지 않았을까 싶다.

사무관으로 진급을 하고 보니 정말 많은 것들이 바뀌었다. 그래서 다들 사무관을 공무원의 꽃이라고 부르고 사무관이 되려고 발버둥을 치고, 처음부터 고시공부를 하는가?라는 생각도 들었다.

사무관이 되면서 달라지는 것들

1. 서울시는 팀장, 구청은 과장, 동장 등으로 호칭이 달랐다.
2. 수당, 성과급 등이 오르는 등 급여가 연간 500만 원 정도 늘었다.
3. 연금도 다소 늘어났다.
4. 적게는 서너 명에서 많게는 수십 명까지 부하직원이 생겼다.
5. 부서장인 경우 명패가 있고, 의자가 회전의자로 바뀌었다.
6. 부서에서 명함을 만들어 주었다.
7. 강의할 기회가 생기고 그에 따라 강의료도 짭짤하게 챙길 수 있었다.
8. 자체 또는 외부기관 회의가 많아지는 단점은 있다.
9. 중견관리자로서 책임감이 덩달아 늘어났다.
10. 제사 지방 쓰는 내용이 달랐다.(부고내용: '현고학생부군신위', 5급 이상 벼슬)

〈승진〉

서울시청에서 구청으로 오면서 4급으로 진급할 수 있을까?

나는 사무관 진급을 하고 난 후 과연 퇴직할 때까지 서기관(4급)까지 진급을 할 수 있을까를 생각해 봤다. 사무관 승진은 2010년 11월이라 퇴직까지는 공로연수를 제외하면 9년쯤 남았기에 나름 주판알을 튕겨도 봤다.

서울시에 있으면 다소 어려울 수도 있겠으나 구청은 정치적으로 휘둘리지만 않는다면 가능도 하지 않나 싶었다. 그래서 구청에 가는 쪽으로 무게를 두고 2년에 걸쳐 2개 구청에 문을 두드렸으나 여의치가 않았다. 그러던 차에 금천구청에서 콜이 와서 딱 하루 고민하고 제2의 공직생활을 금청구청에서 시작하게 되었다.

구청에 오자마자 낯선 업무와 낯선 직원들과 함께 1년을 보내면서 노조와의 갈등이 있어 다소 어려움도 없지 않았다.

그 이후 1~2년 정도 지내다 보니 먼저 구청으로 간 일부 동기가 진급을 했다는 소식이 들렸다. 물론 나도 구청에서 승진서열에는 들어갔지만 바로 승진하지는 못했다. 서울시에서 구청으로 온 지도 얼마 안 되어 그럴 수 있다고 생각했다. 하지만 나보다 사무관 진급도 늦고 나이가 적은 과장이 또 승진을 하는 것을 보고 이대로는 안 되겠다 싶어 결단을 했다.

당시 과장들이 근무하기를 꺼려한 부서를 자청해서 갔다. 그사이 2명이 더 서기관 진급을 했다. 물론 둘 다 경력이나 나이가 나보다 아래였지만 난 크게 맘에 두지 않았다. 청장님도 나를 서울시에서 데려올 때 많은 고민을 해서 결정을 했을 것이라 생각했기 때문이다.

그런데 한 명도 아니고 나보다 나이나 경력이 적음에도 불구하고 3명씩이나 먼저 진급을 시켜 준 것에 서운한 점이 없다고 하면 거짓말일 것이다. 그렇지만 구청에 올 때 다짐했던 것처럼 청장님께 부담을 드리지 말자고 다짐에 또 다짐을 했기에 크게 신경 쓰지는 않았다.

내가 진급하기 1년 전에 한 번은 청장님께서 불러 갔더니만 미안하다고 하시면서 경제 부서를 1년만 더 맡아 달라고 했다. 나는 괜찮다고 하면서 너무 맘에 담아 두지 마시라고 말씀을 드렸다. 그리고 2년간 나름 최선을 다한 결과 2018년 1월 1일자로 서기관(4급)으로 승진을 했다.

2018년은 구청장, 구의원 등을 뽑는 지방선거가 있었다. 그래서 구청장님이 3선에 도전하는 것은 나에게는 초미의 관심사였다. 만약 내가 진급을 하지 못한 상태에서 구청장님이 3선에 도전(구청장 사퇴)을 하거나 도전을 하더라도 혹시 낙선을 할 경우에는 진급이 여의치 않았기 때문이다.

내게는 다행인지는 모르지만 청장님은 3선출마를 안 하셨다. 그리고 서울시와 협의하여 한시기구인 '미래발전추진단'을 신설하게 되어 진급을 하게 되었다. 이전부터 유사한 기구가 일부 다른 구청에서도 신설된 바 있었고 마침 문재인 정부가 들어서면서 도시재생과 일자리창출을 최우선 과제로 추진함에 따라 우리 구도 추진단에 도시재생과와 일자리창출 부서를 신설했던 것이었다.

〈인사발령〉

김주사의 인사발령은 수난의 연속이었다

인사발령은 기관마다 다를 수 있고 특정 직렬은 예외일 수 있으나 일반직 공무원들은 대부분 2~3년에 한 번꼴로 다른 부서로 인사이동을 한다. 김주사는 9급 시절 전산교육 중에 발령이 났던 것과 사무관시절에 구청으로 인사교류한 것을 빼고는 대부분 순탄치 않았다.

아무튼 나는 인사발령이 있을 때마다 내가 원하는 대로 된 적이 별로 없었다. 아마도 대부분의 공무원들도 나와 같을 것이다.

- 9급 시절에 행정전산망 사업을 한다고 쫄따구인 내가 서울시에 파견된 점
- 교육원으로 갈 때도 가고 보니 나를 전산직으로 착각해서 다른 업무를 하게 된 점
- 2년 만에 교육원에서 신설부서인 제2건국추진반으로 파견된 점

- 대중교통과를 벗어나기 위해 도피처로 감사관실을 선택한 점

- 2개월 외국어 교육을 갔다고 미운털이 박혀 타 부서에서 근무한 점

- 사무관이 되고 나서 적성에도 맞지 않는 감사부서로 또 발령이 난 점 등등

〈인사발령〉

김주사가
구청으로 가게 된 사연은?

내가 사무관으로 진급할 당시만 해도 서울시 5급 공무원들의 로망은 구청에서 퇴직하는 것이었다. 아마도 9급으로 들어와서 5급까지 되기 위해 최소한 25년 이상 근무를 하면서 갖은 고생을 했기에 이제는 고향과도 같은 집 근처 구청에서 근무를 하면서 퇴직준비도 하고 운이 좋으면 진급도 바라볼 수 있기 때문이 아니었나 싶다.

구청으로 가면 정치적으로 바람을 많이 탄다는 단점도 있지만 직책이 서울시보다 한 단계 높은 과장(서울시는 팀장)으로서 한 부서의 장이 되고, 동사무소로 가면 지역사령관인 동장의 직책을 받게 되니 좋은 점도 있다.

사무관 진급을 하고 1~2년 사이에 우리 동기 중에 2~3명이 구청으로 가는 것을 봤을 땐 저 친구들은 무슨 빽으로 구청으로 가나 하면서 늘 부러워했다. 그러던 차에 한번은 모 구청에 근무하는 고향 선배로부터 연락이 왔다. "우리 구청의 과장자리가 하나 비어 있는데 오지 않겠느냐?"는 것이었다. 하지만 그 자리는 사표를 내고 가는 자리였고 2년 후 본인이 원하면 연장을 하거나 일반직으로 다시 전환하는 자리였음에도 불구하고 나는 추진을 했으나 여의치가 못했다. 그렇지만 나는 포기하지 않았다. 또 다른 구청 문을 두드려 보았지만 이 또한 되지 않았다.

그런 일이 있고 나서 약 1년쯤 지나서 금천구청에서 선배로부터 연락이 왔다. '혹시 우리 구청으로 올 생각이 없는지'라고 말이다. 나는 순간 너무도 기뻤지만 말문이 막혔다. 그렇게 기다리고 기다렸는데 갑자기 어떻게 해야 하나 망설여졌다. 그래서 선배에게 딱 하나만 물었다. 내가 구청으로 가게 되면 '적을 구청으로 옮기는 것인지? 아니면 2년간 인사교류를 하는 것인지?'였다. 선배는 "인사교류가 아니고 적을 옮기는 것이다."라고 했다.

만약에 인사교류였으면 나는 바로 거절을 했을 것이다.

왜냐하면 구청에 근무해 본 경험도 없고 아무것도 모르는 상태에서 구청에 갔다가 막 적응할 때쯤에 다시 시청으로 돌아오는 것은 내게는 아무런 도움이 되지 않기 때문이다. 적을 옮기는 것이라고 해서 다행이었지만 나는 선뜻 답을 주지 못하고 하루만 시간을 달라고 했다.

그런데 공무원 교육을 받을 때 어느 교수님이 해 준 이야기가 갑자기 생각이 났다. "정말 중요한 결정을 할 때가 오면 그냥 결정을 하면 안 된다. 그날은 먹을 줄 모르는 커피지만 한바가지를 먹고서라도 정말 많이 고민하고 결정을 하라."고….

비록 커피는 먹지 않았지만 나는 정말 많은 고민을 했다.

'퇴직까지 7년이 남았는데 구청으로 가는 게 정말 맞는지?'

'구청에 가면 서기관 진급이 가능한지?'

'구청장 이름도 모르고 덥석 갔다가 구청장이 재선에 떨어지기라도 하면 나는 어떻게 될까?'

'구청에 아는 사람이라곤 간부 4명에 직원 1명밖에 없고, 노조도 반대한다는데 잘 적응할 수 있을지?'

'구청의 주민자치, 통장, 단체 등 다양한 분야의 주민들하고 잘 어울릴 수는 있을지?' 등등

나는 정말 많은 고민 끝에 새로운 곳에서 제2의 공무원생활을 해 보기로 결정을 했고 2014년 1월 1일 금천구청으로 오게 되었다.

〈봉급/연금〉

김주사의 봉급과 연금은?

공무원 급여는 매월 20일 지급되었다. 김주사의 첫 월급은 1984년 1월 12일자 발령이라 실질적인 급여는 2월부터 받았는데 세금을 공제하고 나면 100,000원이 조금 넘었다.

그러던 차에 대학 학자금 융자로 600,000원을 받아서 월 10만원씩 공제하고 나면 월급은 5,000원~15,000원 정도 받았다. 공무원 급여가 정말 박봉이라고 하지만 이렇게 짠 지를 처음 알았다. 따라서 3, 6, 9, 12월 보너스 받는 달과 1, 7월의 정근수당을 받는 달이 빨리 돌아오기만 학수고대하면서 생활했다.

나는 동사무소 시절 선배들이 정말 부러웠다.

정근수당은 년차별로 1, 7월에 주었는데 기본 50%에 매년 5%

씩 추가해서 본봉으로 환산해 주어서 10년이 되어야 정근수당 100%를 받아서 선배들이 정말 부러웠다.[6]

김주사가 바라본 공무원이 좋은 점 딱 한 가지만 얘기한다면 그것은 아마도 연금이 아닌가 싶다. 연금제도가 수차례 바뀌어 혜택은 예전만 못하지만 100세 시대에 그래도 퇴직 후 연금이라도 있어 다행인 듯싶다.

공무원은 공무원연금법에 따라 군 근무를 포함 33년에서 36년까지 봉급에서 일정액을 연금으로 납부해야 한다. 그리고 연금을 받는 방법도 3가지가 있다. ①매월 연금을 받는 '퇴직연금', ②일시금으로 받는 '퇴직연금일시금', ③일부는 일시금으로 받고 10년간은 '퇴직연금'으로 받는 방법이 있다. 특별한 경우가 아니면 요즘 대부분은 매월 연금을 받는 '퇴직연금' 방법을 선택하지 않을까 싶다.[7]

---

6. 김주사의 2018년도 연봉 공개(35년 근무, 지방서기관): 1억 2천만 원(세금 등 약 1,500만 원)

7. 김주사의 예상퇴직금(재직기간: 1984.1.12~2019.12.31. 군경력 1년 포함 37년)
   - 퇴직연금으로 청구할 경우: 퇴직연금은 월 295만 원(매월), 퇴직수당은 약 8,000만 원
   - 퇴직연금일시금 청구할 경우: 퇴직연금 일시금 및 퇴직수당으로 3억 1천만 원
   - 퇴직연금공제일시금 청구할 경우: 퇴직연금(10년, 매월) 96만 원, 공제일시금 1억 6천만 원, 퇴직수당 8,000만 원

※ 김주사유머

- 공무원은 수당으로 체력단련비(연간 기본급의 250%)를 받아 왔는데 1999년부터 체력단련비가 없어졌다. 그래서 이후부터 김주사뿐만 아니라 많은 공무원들이 체력단련을 하지 않고 있다고 합니다. 체력이 국력인데 말이다. ㅋㅋㅋ

〈현장〉 '봉급 적다' 아우성, 행자부 홈페이지 쇄도(연합뉴스, 1999.4.21)

/ 제9장 /

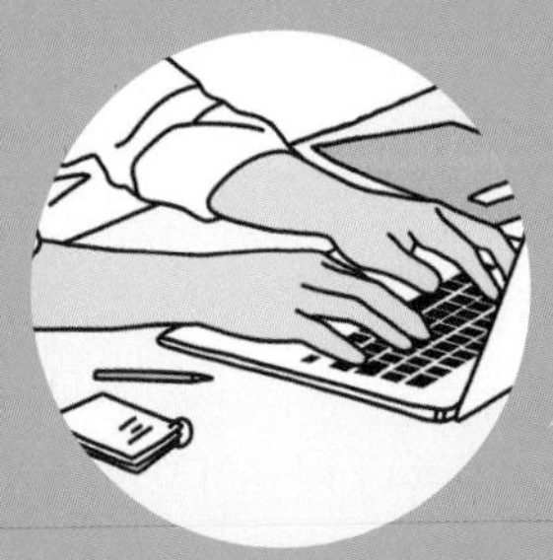

김주사의 취미생활과 건강관리

○○○

누군가 "당신 취미가 뭐야?"라고 물어보면 김주사는 바로 대답을 하지 못할 것 같다. 왜냐하면 전산에 관심을 갖고 전산분야에서 10년 가까이 일을 하다 보니 IT분야가 취미 아닌 취미가 되어 버렸기 때문이다. 공무원 포털사이트인 '김주사닷컴'과 택시 포털사이트인 '골뱅이택시'를 운영한 바 있고, 컴퓨터 동아리인 '어쭈구리'를 운영했듯이 말이다.

그래서 김주사도 더 이상 늦기 전에 남들이 흔히 하는 당구, 골프, 등산, 여행, 낚시, 운동 등의 취미생활을 하나씩 하게 되었다.

먼저 김주사의 IT에 대한 관심부터 언급하고자 한다.

〈취미생활〉

스크린세이버(PC 화면보호기)를 제작해 봤다

컴퓨터 동아리 '어쭈구리'를 만들었다

공무원포털사이트 '김주사닷컴(kimjusa.com)'을 OPEN했다

사진 동아리 '포토락'을 만들었다

본격적인 김주사 취미생활(당구, 하모니카, 골프, 물고기 키우기)을 했다

〈건강관리〉

고등학교 2학년 때 허리를 다쳐 대학입시를 포기했다

스트레스로 인한 심한 안압과 간수치가 급격히 상승했다

주민등록전산망을 OPEN 하고 쓰러져 한쪽에 마비가 왔다

김주사 건강관리법(아홉 가지)

〈취미생활〉

스크린세이버(PC 화면보호기)를 제작해 보다

제2건국추진반에 근무할 때였다. 서울시공무원교육원에서 웹 문서를 만드는 친구를 보고 충격을 받아 나는 인터넷에 푸욱 빠진 적이 있다. 그러다 컴퓨터를 사용하지 않으면 인터넷 화면이 자동으로 바뀌는 '스크린세이버'에 관심을 갖게 되었다. 그래서 인터넷 검색을 통해 며칠 동안 관련 학원을 찾았으나 찾지 못하다가 우연히 스크린세이버를 제작해 준다는 글이 있어 연락을 해 보니 아주 젊은 사람과 연결이 되었다.

나는 너무도 반가워서 몇 가지 물어봤다.

"스크린세이버 제작은 해 주는지?"

"제작을 하면 시간은 얼마나 걸리고 제작비용은 얼마나 되는지?"

"스크린세이버를 만드는 툴이 있는지?"

"우리 사무실을 한번 방문해서 시연을 해 줄 수 있는지?" 등을 물었더니 그분은 친절하게도 자세히 설명을 해 주면서 흔쾌히 '방문을 하겠다.'고 했다.

며칠 있다가 그분은 저녁시간에 우리 사무실로 방문을 해서 스크린세이버의 제작방법을 가르쳐 주었다. 제작은 정말 예상했던 대로 쉬웠다. 이미지만 있으면 툴에 의해서 만들 수가 있었다. 그렇게 해서 나는 당시 고건 시장이 심혈을 기울여 추진하던 '1,000만 그루 나무심기'를 주제로 스크린세이버를 직접 제작해서 사내 전산망에 게시해 봤는데 직원들의 반응은 생각보다 좋았다.

〈취미생활〉

컴퓨터 동아리 '어쭈구리'를 만들다

나는 스크린세이버 제작을 계기로 컴퓨터 동아리인 '어쭈구리'를 만들었다.

'어쭈구리' 동아리는 컴맹들이 모여 홈페이지를 만들어 보고 컴퓨터 활용법을 익혀 컴맹을 탈출해 보자는 취지로 만들었던 동아리였다. 컴퓨터에 대해 아무것도 모르는 분이 어느 날 갑자기 다른 직원들로부터 "어쭈! 컴퓨터 좀 하는데, 제법인데~ 이런 소리를 들으면 좋겠다."는 생각에 '어쭈구리'로 이름을 정했다. 동아리명을 정하고 얼마 지나지 않아 회원 중 한 분이 그랬다. "'어쭈구리' 그건 술집이름인데."라고 말이다. ㅋㅋㅋ

해서 '어쭈구리'에 대한 용어를 인터넷에서 검색해 보니 가맹점 술집 이름에 '어쭈구리'가 있었고 '어주구리漁走九里'에 대한 고사성어도 있었다.

옛날 한나라 때의 일이다. 어느 연못에 예쁜 잉어가 한 마리 살고 있었다. 그러던 어느 날, 어디서 들어왔는지 그 연못에 큰 메기 한 마리가 침입하였고 그 메기는 잉어를 보자마자 잡아먹으려고 했다. 잉어는 연못의 이곳저곳으로 메기를 피해 헤엄을 쳤으나 역부족이었고 도망갈 곳이 없어진 잉어는 초어적인 힘을 발휘하게 된다. 잉어는 자기도 모르는 사이에 뭍에 오르게 되고, 지느러미를 다리 삼아 냅다 뛰기 시작했다. 메기가 못 쫓아오는 걸 알게 될 때까지 잉어가 뛰어간 거리는 약 구 리(九里) 정도였을까? 암튼 십 리가 좀 안 되는 거리였다. 그때 잉어가 뛰는 걸 보기 시작한 한 농부가 잉어의 뒤를 따랐고 잉어가 멈추었을 때, 그 농부는 이렇게 외쳤다. 어쭈구리!

풀이: 魚走九里(고기 어, 달릴 주, 아홉 구, 길이 리), 고기가 구 리를 달린다.

- 출처: 네이버 블로그 https://blog.naver.com/swookjeung/221367799960

하여간 어쭈구리 동아리를 만들기 위해 나는 사내 게시판에 모집공고를 냈는데 정말 많은 분들이 참여해 주셨다.

문제는 공부를 할 수 있는 공간이 없다는 것이었다. 하는 수 없이 과장님께 동의를 구하고 업무가 끝나면 사무실에서 공부를 했다. 강의는 이전에 스크린세이버를 처음 내게 가르쳐 주셨던 분이 수고를 해 주셨다. 강사님에게는 수고비로 교통비 정도 주었으며, 수업을 할 때마다 약 10명에서 많게는 20명 이상 참여했고 회원들은 정말 재미있게 공부를 했다.

한번은 KBS2 TV에서 약 2시간 동안 취재를 했고 아침방송에 약 3분간 방송이 나간 적도 있었다. 그렇게 동아리를 2년여간 운영했으나 내가 교통관리실로 자리를 옮기게 되면서 아쉽게도 공부하는 장소를 확보하지 못해 더 이상 운영할 수가 없었다.

하지만 난 여기서 멈출 수가 없었다.

이참에 공무원 포털사이트를 한번 만들어 보자고 다짐을 했다.

〈취미생활〉

공무원포털사이트 김주사닷컴(kimjusa.com)을 OPEN하다

나는 공무원포털사이트를 만들기 위해서 자료 준비에만 1년 이상 투자했다. 자료 준비는 주로 중앙부처와 공무원 노조 홈페이지, 업무처리지침서 등을 통해서였고 공무원과 관련된 모든 자료를 모아 기획을 했다.

처음에는 '어쭈구리' 컴퓨터 동아리에서 배운 것을 토대로 내가 직접 만들기도 했다. 하지만 금방 포기하고 말았다. 한마디로 의욕만 앞섰지 실력이 되지 못했다. 그렇다고 개설 자체를 포기할 수는 없었다. 어쭈구리 강사님에게 도움을 청했으나 자기는 사정상 어렵다고 하면서 다른 사람을 소개해 주었다.

그래서 소개받은 사람으로 하여금 최소한의 제작비용을 산출해 봤는데 약 300만 원 정도였다. 당시 난 돈이 한 푼도 없어서 아내에게 사정사정해서 겨우 300만 원을 만들어 홈페이지를 제작하게 되었다.

지금에 와서 생각해 보면 홈페이지는 조잡하기 짝이 없는 수준이었지만 그래도 2002년 7월 1일 김주사닷컴을 OPEN하게 되었다.[1]

내가 김주사닷컴을 만들게 된 배경은 이러했다. '공무원은 약 100만 명에 달하고 선행을 베푸는 공무원들 또한 엄청 많음에도

1. 시청공무원이 공무원 포털사이트 열어(매일경제, 2002.07.15)
- <화제> 공무원 포털사이트 개설(연합뉴스, 2002.07.15)
- <뉴스 밖 뉴스>건축·절세 등 비법 가득한 '비밀창고'(문화일보, 2003.05.22)
- [공직 초대석] 서울시 감사관실 황인동 씨(서울신문, 2006.03.27)

불구하고 대다수 언론이나 시민들은 공무원을 마치 비리집단으로 여기는 것 같았다. 따라서 이 홈페이지를 통해 공무원에 대한 부정적인 인식을 조금이나마 바꾸고 싶었다. 또한 공무원들조차 정보가 공유되지 않아 새로운 담당자가 오면 처음부터 다시 일을 배워야 하는 등 비효율적인 업무방식도 개선해 보고자 했다.'

자기 일도 제대로 하지 못하면서 취지만큼은 거창했다. 개발은 전문가에게 맡긴다 하더라도 홈페이지 이름만큼은 내가 직접 만들기로 했다. 그래서 지하철을 타고 다니면서 노트에 100여 개 이상 이름을 써 보았다. '황주사, 소주사, 안주사, 양주사, 공무원넷, 공무원닷컴, 황주사닷컴, 김주사닷컴' 등등. 하지만 선뜻 결정을 하지 못했다. 당시에 일반 직장인들의 사이에서는 '김대리닷컴'이 유명세를 타고 있어서 이름을 짓는 데 참고를 하고, 대표되는 성씨인 '김'과 공무원의 일반적인 호칭인 '주사'를 합쳐서 김주사닷컴 kimjusa.com으로 결정을 했다.

홈페이지 이름을 정하면서 가장 고려했던 것은 다음과 같았다.

'공무원과 연관성이 있는지?'
'도메인 확보가 가능한지?'
'부르기 쉬운지?'
'영문, 숫자가 짧은지?'

'한 번 들으면 꼭 기억에 남는지?' 등등

여러 가지 측면을 고려한 끝에 결정한 홈페이지 이름은 성공작이었다.

당시 경쟁을 하는 모 사이트 대표도 홈페이지 이름을 너무 잘 지었다고도 했고, 김주사닷컴을 OPEN한 후 몇 년 동안 많은 언론사에서 취재를 할 때마다 기자님들은 나에게 "왜? '황주사닷컴'이 아니고 '김주사닷컴'으로 네이밍을 했느냐?"라고 묻곤 했다. 당시 나도 '6급 주사'였기에 더욱더 궁금했다고들 했다. [2]

김주사닷컴에서 서비스되는 것은 공무원 관련 최근뉴스, 설문조사, 타 시도나 타 기관 간의 인사교류, 업무관련 자료실, 공무원 사이트와 직장협의회, 공공기관 사이트 등 분야별 1,000여 개에 달하는 사이트 링크, 선배 공무원들과 질의응답 등 다양했다.

하지만 OPEN한 지 얼마 안 돼 방문객의 폭주로 홈페이지는 약 1주간 DOWN되고 말았다. 초기에는 1일 방문객이 500여 명에 불과했으나 연말연초 공무원 봉급이 공개되는 시점에는 1일 10,000~20,000여 명까지 방문하기도 했다. 하여 3번 정도 간단하

2. 일반직 공무원 직급은 9급(서기보), 8급(서기), 7급(주사보), 6급(주사), 5급(사무관) 등이다.

게 리뉴얼을 할 수밖에 없었고 그때마다 개발비용과 운영비용(서버 및 통신비)도 늘어나게 되었다.

김주사닷컴을 OPEN하고서 나는 정말 평일과 주말이 없었다. 근무시간에는 일하기도 바빠서 김주사닷컴을 운영할 수 없었다. 그래서 나는 업무가 끝나면 하루 평균 2~3시간씩 네이버, 다음 등의 포털사이트와 공무원 관련 사이트 등에서 자료를 수집했고, 주말에는 5시간 이상 작업을 해야만 했다. 아마도 이 열정으로 고시공부를 했어도 되지 않았을까 싶을 정도로 가정도 포기하고 김주사닷컴에 올인했다. 그러다 보니 몸은 녹초가 되어 수도 없이 그만둘까도 고민했지만 그럴 수가 없었다. 많은 사람들이 내가 올린 글을 보기 위해 홈페이지를 방문하는데 그분들을 실망시켜드릴 수가 없었다.

김주사닷컴 방문객이 늘어남에 따라 통신비 등 운영비도 덩달아 늘어나고 내가 할 일들도 더욱 늘어나서 서버교체와 운영을 보다 효율적으로 할 수 있도록 개발할 필요가 있었다. 그래서 2006년도 초에 또 결심을 하고 홈페이지를 리뉴얼하기로 마음을 먹었다. 리뉴얼의 최대 목표는 운영자(관리자)가 자료를 쉽게 등록하고 관리하도록 하는 데 초점을 맞췄다. 그리고 꼭 필요한 부분만을 추가로 개발하기로 했다.

그래서 2006년도에 장기재직 휴가 10일을 내서 새로운 기획을 하고 대대적인 개편작업을 시작했다. 기획은 원점에서 다시 시작했다. 하루 평균 15시간 정도 투자를 했고 꼬박 14일 걸려서 기획을 끝내고 나서 본격적으로 개발에 들어갔다.

주요 개편작업은 관리자기능 강화, 인사교류 DB구축, 공무원 관련 전문 설문조사, 문제풀이, 통합검색 기능, 갤러리, 게시판 공동운영 등을 추가하는 것이었다. 그러다 보니 개발비용이 꽤 많이 들었다.

특히 인사교류 부분에 역점을 두기도 했다.

당시 행정자치부 홈페이지에 인사교류 게시판이 있었는데 공무원들에게 폭발적으로 인기가 많았다. 신청자가 하루 20여 명 이상 되어 2~3일만 지나면 게시판이 여러 페이지로 이동되어 신청한 사람을 찾는 데 많은 어려움이 있었다.

그러나 김주사닷컴에서는 인사교류 희망자의 소속, 직렬, 직급, 희망지역 등을 등록하고 검색을 할 수 있도록 DB를 구축하였다. DB구축을 하고나니 3,000명 이상이 인사교류를 신청하는 등 많은 인기를 끌었다. 하지만 얼마 지나지 않아서 공무원 인사업무가 중앙인사위원회로 넘어가게 되었고 중앙인사위원회에서는 내가 구축한 방법과 거의 유사하게 구축하기도 했다. 물론 중앙인사위원회에서 모방했다고 단언하고 싶지는 않다. 하지만 행정자치부 홈페이지에서는 왜? 그렇게 하지 못했을까? 김주사닷컴보다 먼저 했으면 좋았을 걸 하는 아쉬움도 있었다. 그리 생각하는 것은 과거 스크린세이버 아이디어 도용 문제의 영향이기도 하다.

하지만 김주사닷컴이 공직사회에 어느 정도 기여를 하게 되었다는 생각에 나 역시 정말 뿌듯함을 느꼈으며, 나에게도 새로운 별명이 하나 생겼음에 감사하기로 했다. 그간 나의 별명은 샤프, 면도날 등 부정적인 것이 많았는데 '김주사'라는 친근감 있는 새로운 닉네임이 생긴 것이었다.

리뉴얼을 하고 나니 방문객도 늘어나고 운영적인 측면에서도 과거 하루 2~3시간 걸리던 것을 30분 이내로 단축하는 효과를 보게 되었다. 하지만 여전히 운영비 등이 문제였다. 한번은 만우절에 운영상 어려움이 있어 김주사닷컴 운영을 중단한다고 공지사항에 올렸더니 난리가 났다.

사람들은 만우절인지도 모르고…

'운영을 중단하면 안 된다.'
'십시일반 운영비를 걷어 주자!'

‘자기가 인수할 테니 내게 팔아라.’

등의 글들이 올라왔다.

실제로 김주사닷컴을 운영하는 데 경제적으로도 많은 어려움이 있어서 2006년 리뉴얼 이후 12년 동안 리뉴얼을 하지 못했다. 하지만 김주사닷컴을 포기할 수는 없었다. 나에게 있어 힘들었던 일들을 이겨 내는 것에 아마도 김주사닷컴이 큰 역할을 했다고 여겨지기 때문이다.

〈취미생활〉

사진 동아리 '포토락'을 만들다

서울시청에는 많은 공무원 동아리가 있다. 사진 동아리는 예전에는 있었다는데 무슨 이유인지는 모르지만 당시에는 없었다. 나는 김주사닷컴에 갤러리 코너가 있다 보니 사진에 대해 관심이 많았다. 그래서 사진동아리를 만들어야겠다고 생각하고, 2005년 초에 사내 게시판을 통해 동호회 회원을 모집했더니 이것 또한 의외로 많은 분들이 참여를 해 주었다.

그런데 동아리 운영을 어떻게 해야 될지 정말 몰랐다. 사진에 대해서는 아는 게 아무것도 없었다. 그래서 회원들끼리 모여서 동아리 명칭, 회칙, 운영방안에 대해 논의를 했다. 동아리 모임 이름은 '사진을 통해 즐거움을 찾자'라는 취지로 '포토락'으로 정했고 운영은 전문가를 모셔서 사진에 대해 공부를 하고 출사와 전시회 등을 갖는 것으로 진행하기로 했다.

그러던 차에 서울시청 앞 광장에서 20대 중후반으로 보이는 여성분이 아주 고가로 보이는 카메라를 들고 있기에 그 여성분에게 다가가서 사정 얘기를 했더니 기꺼이 도와주겠다고 하였다. 그 당시 그 여자 분은 상명여대에서 석사과정으로 사진을 공부하고 있는 학생이었다. 약 2년 가까이 월 1회 정도로 업무가 끝나면 그 여학생의 사진 강의를 들었고 출사도 2회 정도 가고 사진 품평회도 한 적이 있었다.

당시 서울시 공무원 중에도 사진 전문가들이 정말 많았다.

'야생화만 전문으로 찍는 사람'
'야경만 찍는 사람'
'누드만 찍는 사람'
등 다양했다.

하지만 나는 동아리 강의를 할 때마다 강의 준비를 하는 관계로 사진에 대해 제대로 배우지도 못하고, 내가 2006년 4월경 타 부서로 전출을 감에 따라 동아리는 자연스레 해산되고 말았다.

그래도 정말 소중한 것 하나를 배웠다. "사진은 자기만의 주제가 있어야 한다."는 강사님의 말이었다.

그래서 나는 나만의 주제 2개를 갖기로 했다.

하나는 '사람의 손'이었고 또 하나는 '로맨틱'이었다.

'손'을 주제로 선정한 것은 앞으로 공직생활을 하면서 만나게 되는 수많은 사람들의 손을 한번 찍어 보자는 생각에서 출발한 것이었다. 좀 더 구체적으로는 나와 인연이 된 '사람의 손'을 찍어 보고 그분들에 대해 장기적으로 관찰을 해 보자는 것이었는데 말같이 쉽지 않아 포기하고 말았다.

두 번째로 선정한 '로맨틱'은 사람들의 관심이 많기 때문이었다. 다만 '로맨틱'의 대상은 우리의 생활 속에 있는 것을 카메라에 담아 보되 그 대상은 바위, 나무, 동상 등으로 정했다.

손은 실패했지만 '로맨틱' 부분은 현재 진행 중에 있다.

지금까지 바위를 찍기 위해 서울에 있는 관악산, 북한산, 수락산, 호암산, 삼성산, 서대문 있는 남산과 성남시에 있는 남한산성, 제천의 동산을 찾았고, 동상을 찍기 위해 강화도의 배무꾸미와 성 박물관, 들무새, 남이섬, 합천성조각예술원, 제주도 성 박물관 등을 다녀왔고, 나무를 찍기 위해 충주 탄금대, 순천 낙안읍성, 창덕궁, 창경궁 등을 다녀왔으며 지금도 틈만 나면 이곳저곳을 다니고 있다.

앞으로 김주사닷컴 갤러리를 통해 그동안 내가 찍었던 것을 하나씩 공개할까 한다. 또한 공직을 퇴직하고 여유가 생긴다면 개인전도 한번 해 보고 싶다.

주먹 바위, 하트 나무, 원숭이 나무, 올빼미 나무

〈취미생활〉

본격적인
김주사 취미생활을 하다

1. 당구

2014년 1월 서울시에서 금천구청으로 오게 되면서 직원들과의 소통의 한 방법으로 당구를 시작하게 되었다. 술을 그다지 좋아하지 않는 관계로 직원들하고 가까워지기 위해서는 운동과 연관된 것을 찾아야겠다는 생각에 처음에는 탁구를 시작했으나 체력에 한계를 느껴 당구를 배우게 되었다. 다행히 첫 발령부서 팀장들과 일부 직원들의 당구 실력이 대단해서 배우게 되었는데, 처음에는 30점부터 시작을 했는데도 번번이 져서 당구비에 식사비까지 부담했지만 약 5년이 지난 지금은 150점까지 치게 되었다. 기회가 된다면 정식으로 레슨을 받아 300점까지는 올리고 싶다.

2. 하모니카

퇴직을 앞둔 공무원들의 로망 중에 하나가 색소폰을 배우는 것이다. 나는 폐활량이 그다지 좋지 못해서 색소폰은 포기하고 하모니카를 2018년 1월 말부터 본격적으로 배우고 있다. 소망이 있다면 퇴직 후에도 계속 연습을 해서 길거리에서 연주를 해 보고 싶다.

3. 골프

솔직히 골프는 사치라는 생각이 들어 배우고 싶지 않았다. 하지만 퇴직 후를 위해 반드시 배워야 하는 게 골프라고들 해서 2018년 11월부터 배우게 되었다. 배우다 보니 허리를 다쳐 혈액순환이 잘 안 되는 나에게는 전신운동이 되기에 나쁘지 않은 운동인 것 같다는 생각은 든다.

4. 물고기 키우기

나는 물고기를 손으로 잡는 것을 매우 좋아했다. 초등학교 시절 시골에서 시간만 나면 냇가에 가서 물고기를 잡은 적은 있었지만 물고기를 직접 키워 본 적은 없었다. 그런데 같이 근무했던 직원이 구피 7마리를 2017년 8월경에 분양을 해 주어 키우게 되었다. 소형 어항과 구피 먹이를 구입해서 키우다 보니 재미가 쏠쏠했다.

회의테이블 위에 올려놓았더니 회의 분위기도 나쁘지 않은 것 같고 벌써 새끼를 많이 낳아서 3명에게 분양을 해 주고 지금도 50여 마리를 키우고 있다. 다만 사무실에서 키우다 보니 추석 등 연휴 기간이 긴 경우에는 먹이를 줘야 되기 때문에 집으로 옮겨야 하는 불편한 점은 있었다. ㅋㅋㅋ

구피 물고기

〈건강관리〉

고등학교 2학년 때 허리를 다쳐 대학입시를 포기하다

고등학교 2학년 겨울방학 때의 일이었다. 시골에서 농사 지은 쌀이 올라와 쌀가마를 옮기는데 큰형님이 도와 달라고 해서 옆에서 살짝 거들었는데 그만 허리를 삐끗했다. 흔히들 다친 사람들이 하는 말이 생각난다. '하기 싫은 일을 억지로 하면 다친다'고. 아마 나도 그랬던 것 같다. 그 뒤로 겨울철 도로 빙판길에서 넘어지고 고등학교 3학년 때 체력검사 시험을 보기 위해 '넓이뛰기'를 하다 계속해서 허리를 다쳤다. 그래서 1학기 때는 체육시간과 교련시간에는 나 혼자 수업을 받지 못하고 한쪽 구석에 앉아 있어야 했고, 2학기 때는 더욱더 심해져서 밖으로 나가지도 못하고 교실을 지키는 신세가 되었다.

허리를 다치고 나니 시력이 6개월 만에 양쪽 모두 1.5에서 마이너스가 되었고, 몸이 너무 안 좋아 아버지께 휴학하겠다고 했으나 아버지는 잘못하면 졸업도 못 한다고 하시면서 그냥 졸업을 하라고 하셨다. 그래서 우리 반에서 나 혼자 대학을 포기하고 1979년도에 겨우 고등학교를 졸업했지만 그로부터 약 2년 동안 거의 식물인간처럼 누워 지냈다. 하는 일이라곤 통증이 너무 심해서 하루에 서너 차례 진통제를 먹고 방에만 누워 있다가 주1회 정도 어머니가 부축해서 동네 돌팔이 한의사와 돌팔이 지압사에게 가서 침을 맞거나 지압을 받는 게 전부였다. 병원에 가면 의사선생님들은 무조건 수술을 하자고 했으나 어머니는 극구 반대했다. 그것은 어머니가 파상풍 수술로 너무 많은 고생을 했기 때문이었다.

나는 거의 식물인간처럼 지내다 보니 우울증도 심했다. 하루는 꼬마들이 밖에서 뛰어노는 모습을 보고는 '아이들도 저렇게 뛰어노는데 나는 왜? 이 모양일까?'라는 생각에 극심한 우울증이 와서 진통제 10알을 먹고 이틀 만에 깨어난 적도 있었다. 어머니가 나를 살리겠다고 산속에 가서 치성을 드리기도 하고, 무당을 데리고 와서는 귀신을 쫓는 행사도 했고, 고양이 고기에 뱀술도 먹어봤고, 혈액순환에 좋다고 해서 금침을 28개까지 맞았는데도 차도는 없었다.[3]

한번은 용한 한의사가 있다고 해서 삼양동에서 길음시장까지

3. 금침이란 실같이 얇은 1cm 정도 되는 금을 살 속에 심어놓는 것을 말한다.

가서 치료를 받았는데 한의사가 하는 말이 정말 어처구니가 없었다. 한의사는 날더러 "여자를 많이 사귀냐?"고 물었다. 묻는 의도가 "여자와 잠자리를 많이 한 것 아니냐"라는 의도인 듯싶었다. 한마디로 '돌팔이 중에 최고의 돌팔이'가 아닌가? 고등학교도 겨우 졸업하고 졸업하자마다 집구석에 누워만 있었는데 '여자라니' 정말 황당한 말이었다.

또 한 번은 집 근처에 용한 지압사가 있다고 해서 갔었다. 내 옷을 다 벗기고는 지압을 하기 시작했는데 통증이 얼마나 심했는지 상상하기도 싫고 차라리 죽는 게 나을 정도였다. 그렇게 2시간 정도 지압을 하고 나니 내 몸에 변화가 생기는 걸 느꼈다. 지압을 할 때마다 아픈 부위가 달랐다. 처음에는 허리에서 나중에는 등 쪽으로 점점 올라갔다. 등 쪽으로 올라가자 이제는 숨을 쉬기가 힘들었다. 지압사는 심각한 표정으로 어머니에게 "내가 잘못될 수도 있다."고 하시면서 "나쁜 피(어혈)가 이제 움직이기 시작한 것 같은데 이게 머리로 올라가면 죽을 수도 있다."면서 2~3시간을 온갖 정성을 쏟아 가면서 나를 치료했다. 그렇게 4~5시간 지압을 통해서 그날 밤을 무사히 보내고 난 다음부터 나는 일어설 수 있게 되었다. 일어설 수 있다는 것은 겨우 나 혼자 걸을 수 있는 정도였다는 것이다.

이름도 모르는 그 지압사님은 돌팔이가 아닌 진정 나의 생명의 은인이셨다.

그 뒤로 난 조금씩 집 밖으로 나설 수 있었고 한번은 사촌 누나가 집에 놀러와서 "언제까지 이러고 있을 것이냐?"라고 하면서 "컴퓨터 공부를 해 보면 어떻겠냐?"고 했다. 나는 솔깃했고 언제까지 방구석에만 있을 수가 없어서 어머니를 설득하여 광화문에 있는 중앙전산학원 6개월 과정을 다니게 되었다.

학원을 다닐 때는 정말 지옥이 따로 없었다.

삼양동에서 광화문까지는 버스로 약 1시간 정도 걸렸는데 차를 타면 10분을 서 있기 힘들었고, 앉아 있어도 10분을 앉아 있지 못했다. 하지만 난 6개월을 버티면서 컴퓨터 공부를 했고 추가로 신촌까지 가서 1개월 과정의 OJT까지 받았다. 내가 봐도 기적 같은 일이었다.

〈건강관리〉

스트레스로 인한 심한 안압과 간수치가 급격히 상승하다

대학입시를 준비할 때는 심한 신경성 위장병을 겪었고, 7급 시절에는 교육을 가지 못하게 하는 관리자의 갑질로 심한 스트레스를 받았는데, 어렵게 직무교육을 받고 난 후에는 긴장이 풀렸는지 양쪽 눈이 몹시 아프기 시작했다.

병원 의사선생님이 하시는 말씀이,

"안압이 너무 심합니다."
"혹시 심한 스트레스 받은 일이 있나?"고 하시는 것이었다. 그러면서 무조건 쉬라고 했다.

하지만 난 쉴 수가 없었다. 2주간 교육을 받으니 일은 산더미처럼 쌓여 있었다. 할 수 없이 쉬지도 못하고 일을 하다 보니 6개월간 안압으로 뒤지게 고생을 했다. 당시 고통은 내가 내 눈을 뽑고 싶을 정도로 심했다. 그뿐 아니라 간수치(감마GTP)도 당시 140까지 올라가더니 급기야 2018년 4월에는 1,115까지 올라가 정상수치(50 이하)의 약 23배까지나 올라갔다. '허리를 다쳐 대학도 포기하고, 완치도 되지 않는 상태에서 이제는 안압에 간 수치까지? 왜 정말? 나에게는 이런 일이 끊이질 않는지?' 정말~ 정말~ㅠㅠㅠ

〈건강관리〉

주민등록전산망을 OPEN하고 쓰러져 한쪽에 마비가 오다

1994년 7월 1일 주민등록전산망을 부분 OPEN하고 약 3주쯤 지난 금요일이었다. 같이 일하던 부동산전산망 담당자인 친구(퇴직)와 함께 둘이서 저녁을 먹으면서 소주 1병을 나눠 먹고 사무실로 들어오면서 맥주 3병을 사가지고 와서 전산실 내에 있는 운영실(회의, 식사, 휴식 등을 하는 곳)에서 동료들과 함께 먹다가 잠이 들었는데 추위를 느껴 깨어 보니 운영실 바닥에서 내가 자고 있었던 것이었다.

전산실 바닥은 대리석이었고 전산실은 항상 18도에서 21도 정도를 유지해야 되기 때문에 비록 운영실이라고 해도 전산실과 별반 차이가 없었다. 그래서 취침실로 들어가 잠을 잤는데 토요일 새벽부터 하루 종일 구토에 설사를 해서 토요일에는 집에 들어가지 못하고 일요일 오후에나 겨우 집에 들어가게 되었다.

그런데 월요일부터 몸 상태가 이상해지기 시작했다.

정확히 말해 오른쪽 즉 머리부터 옆구리, 다리, 발바닥까지 마비가 오기 시작했다. 특히 머리와 발목과 발등이 심각했다. 한마디로 아무 감각이 없었다. 꼬집어도 통증도 없고 그저 나무토막에 불과했다. 병원에 가서 진찰도 받고 약도 먹었지만 치료가 잘되지 않았다. 그렇지만 난 일부 직원에게만 얘기를 하고 일을 계속 했고 약 24년이 지난 지금도 초겨울만 되면 오른쪽 발목 아래가 빨리 얼어서 내복에 털신과 털운동화를 신고 다니고 있다. 허리도 완쾌되지 않았는데 급격한 간수치 상승과 마비 증세까지….

내가 무슨 잘못을 했길래 이런 고통이 내게 끊이질 않는지 정말 세상이 싫고 모든 게 싫었다.

김주사의 털운동화

김주사의 털신

〈건강관리〉

김주사 건강관리법(아홉 가지)

첫 번째, 팔굽혀펴기를 한다. 15년째 매일 출근하면 책상을 붙잡고 한 번에 쉬지 않고 70개부터 시작해서 지금은 200개 이상 하고 있다.

두 번째, 2014년 구청에 오면서부터는 아침에 출근할 때 사무실(9층, 11층)까지 계단을 걸어 올라 다녔다.

세 번째, 신경성 위장병이 100% 완치가 되지 않은 관계로 넥타이를 매지 않는다. 증세가 조금이라도 나타날 것 같으면 뭔가에 집중하기 위해 드라마, 영화, 당구프로를 집중해서 본다.

네 번째, 카메라를 들고 동상, 바위, 나무, 간판을 찍기 위해 10년 전부터 등산과 여행을 하고 있다.

다섯 번째, 간수치(감마gtp)를 개선하기 위해 3년 전부터 좋아하던 술을 금주에 가깝게 실천하고 있다.

여섯 번째, 까칠하고 급한 성격에 스트레스를 받지 않기 위해 매사를 긍정적으로 생각하도록 노력하는 등 성격을 바꾸기 시작했다.

일곱 번째, 취미생활로 7년 전부터는 당구를 배우게 되었고 최근에는 하모니카, 골프를 즐기며 물고기를 키우기 시작했다

여덟 번째, 혈압약 복용으로 혈압관리를 하고 있다.

아홉 번째, 습관이 돼서 그런지 15년 전부터 점심시간에 잠시나마 오참(10~30분)을 하고 있다.

이렇게 한 결과인지는 모르겠으나 김주사의 건강상태는 정상 수준은 아니지만 정말 많이 좋아졌다.

/ 제10장 /

김주사가 보람 있었던 일과 후회한 일들

보람 있었던 일들 10가지

1. 컴퓨터 프로그램을 개발할 때

나는 행정직으로 공직에 들어왔지만 대학 때 전자계산학과를 졸업하고 관운이 좋아 9급 시절 전산교육을 3개월이나 받았으며 자동차관리사업소 전산실에서 처음으로 전산업무를 하면서 서울시의 주요 지점에 대한 교통량 추이를 파악하는 프로그램을 개발했고, 업무효율을 개선하기 위해 자발적으로 야간 배치작업을 통합하는 프로그램을 개발했을 때 너무 뿌듯했다.

2. 주민등록 행정전산망이 정상 서비스 될 때

김주사의 패기로 맡게 된 행정전산망 사업 중 주민등록전산화 사업을 4년 이상 추진하여 정상 서비스를 했다. 추진과정에서 내무부 관리자와 싸우기도 했지만 그런 와중에도 내무부에서는 나에게 전산직 특채를 제안하고, 전자계산소에서도 전산분야 계약직으로의 전환을 추진하는 등 나에 대한 평가가 달라지게 하는 계기도 있었다. 또한 주민등록전산망을 OPEN한 후 쓰러지고 관리자의 배신도 있었지만 전산업무가 좋아 자청했던 것이라 크게 후회하지는 않는다.

3. 후불교통카드를 1개에서 8개로 확대하고 신 교통카드시스템 개통에 참여할 때

지하철에 국민카드 하나만 사용하던 것을 10개월 동안 후불카드사들과 수많은 회의와 협상 중재를 통해 8개의 후불카드사들의 신용카드가 지하철과 버스에서 사용될 수 있도록 한 것과 늦게나마 이명박 전 시장이 핵심적으로 추진했던 신교통카드시스템의 장애원인을 찾아내고 정상화를 시키는 데 있어 일조를 하게 되었던 점도 보람 있었다.

4. 부패방지시스템인 OPEN시스템을 확대하고 외국에 출장을 다녀올 때

감사과에 발령받은 지 1개월 만에 베트남에 출장 가서 관계자 교육을 시키고, 또다시 6개월 만에 인도네시아에 가서 반부패시스템인 OPEN시스템의 우수성을 홍보하고OPEN대상 업무도 대폭 확대(54개→70개)하여 공무원의 부패방지에 일조한 것도 보람 있었다.

5. 택시 개혁을 위해 많은 정책들을 추진할 때

엉망진창인 택시 교육을 바로잡기 위해 조례를 제정하고, 교육인원 조정, 교육시간 단축, 교육위탁기관 평가, 연간교육일정 공개, 인터넷으로 교육등록 등을 하도록 했다. 또한 택시운전자의 수입금 증대에 조금이나마 도움을 주기 위해 업무택시 카드에 결제시스템을 도입해서 이용기관(업체)을 대폭 확대했다. 외국관광객들이 겪는 바가지요금, 불친절 등의 문제점을 해결하기 위해 외국어를 하는 기사님들의 능력을 활용하여 전국 최초로 외국인관광택시 International TAXI를 도입하는 등 외국인들로부터 좋은 평가를 받았고 6급 주사 때 택시업무를 개혁하면서 택시 기사님을 대상으로 강의도 10여 차례 했다. 강의는 내게 새로운 경험을 갖게 해 주는 계기가 되어서 정말 좋았다.

6. 3일간 준비해서 나들가게 공모에 선정되고 좋은 평가를 받을 때

나들가게는 동네슈퍼에 정부와 지자체가 일정부분 지원을 해서 편의점과의 경쟁에서 살아남을 수 있게 돕는 정부(중소기업청)의 정책사업이다. 2016년 나들가게 선도지역을 선정하는 공모사업에 공모신청 마감 3일을 남겨 두고 신청한 공모가 선정되었고, 2017년 선도지역 평가에서 금천구가 최우수구로 선정되어 포상금을 받은 것도 보람 있었다.

7. 공무원포털사이트인 김주사닷컴 등을 운영하면서 '김주사'라는 닉네임을 얻을 때

컴맹을 극복해 보자고 만든 '어쭈구리' 동아리, 사진을 배우기 위해 만든 '포토락' 동아리를 운영한 점과 공무원 포털사이트인 김주사닷컴을 개발하기 위해 내 사생활을 포기하면서까지 공무원 관련 자료를 수집하고 100만 공무원들에게 정보를 제공함으로써 그들에게 조금이나마 도움을 준 것과 그로 인해 '김주사'라는 닉네임을 얻게 된 것에 뿌듯함을 느낀다.

8. 퇴직준비를 하면서

당구, 하모니카, 골프, 물고기 키우기 등 취미생활을 시작할 때 정말 새로운 기쁨이 생겼고, 퇴직 후에는 사진과 동영상(유튜브)에 본격적으로 도전해 보고자 한다.

9. 나만의 건강관리

(혈압약 복용, 금주, 등산, 계단 오르기, 팔굽혀펴기, 성격 바꾸기 등)

이제 어느 정도 건강이 회복되었고 주변에서 나를 '동안'이라고 부를 때 뿌듯하다.

10. 공로연수 중에 에세이와 유머책을 출간할 때

5~6년 전부터 '30여 년 공직생활을 한번 정리하면 어떨까?' 하고 생각해 본 적이 있었다. 그리고 목차를 정리하고 글을 쓰기 시

작했으나 그게 맘대로 되질 않았다. 두어 편 쓰다가 그만두곤 했다. 그러던 차에 몇 년 전에 내 앞에 '둘리'(여자친구 공실이를 무척이나 좋아하면서도 괴롭힌 못된 놈)라는 이상한 공룡이 나타나서 나를 자꾸 칭찬을 하며 글을 한번 써 보라고 꼬드겨서 쓰게 되었다. 아주 평범한 내용이지만 그래도 용기를 내서 공직생활 37년을 정리해 보는 데 의의를 두고 출간하게 되었고, 직원들과 소통을 위해 틈틈히 수집하고 개발한 아재개그인 유머집도 함께 출간하게 되어 정말 기쁘다. 또한 이 김주사가 퇴직을 한다고 직장동료·후배들 100여 명이 롤링페이퍼를 만들어 준 것은 평생 못 잊을 것 같다.

후회한 일들 10가지

1. 바보처럼 일만 했다는 것

소처럼 일만 죽어라고 하고 쓸모가 없으면 도살장으로 끌려가듯 김주사도 많은 갑질을 당하면서도 어쩔 수 없이 여기까지 온 것 같다는 생각이 가끔씩 들었다. '토사구팽'이란 말이 있다. 바로 내가 그런 공직생활을 했는지도 모르겠다.[1]

9급 첫 발령지에서 야간대학에 다니는 것이 눈치가 보여 휴학을 하고 주민등록전산화 작업을 한다고 죽어라고 일했지만 결국은 쓰러지고, 관리자의 배신 등 한마디로 김주사가 '토사구팽'을 당한 듯했다. 또한 이명박 서울시장 시절 신교통카드시스템 OPEN에 따른 수습을 한답시고 택시비로 100만 원 이상 날리기도 하고,

1. 토사구팽이란 "사냥하러 가서 토끼를 잡으면, 사냥했던 개는 쓸모가 없게 되어 삶아먹는다."는 뜻

사무관 진급을 위해서 시청근처에서 4년여 동안 자취생활도 했다. 물론 이런 일들을 하면서도 일부 보람도 있었지만 후배들에게 이 김주사처럼 하라고 감히 얘기하고 싶지는 않다.

2. 다양한 업무를 경험하지 못한 점

공무원은 직급에 따라 차이는 있으나 평균 2~3년에 한 번 꼴로 다른 부서로 인사이동을 한다. 그렇게 하면 36년이면(공로연수 1년 제외) 12~18번은 자리를 옮겨 일을 해야 되는데 김주사는 그렇게 많은 부서에서 일을 하지 못했다.

사람마다 자기 적성에 맞는 일이 있다. 나 또한 전산과 교통 분야는 어느 정도 적성에 맞아 많은 고생은 했어도 나름 보람은 있었다. 하지만 아쉬운 점이 있다면 36년을 일하면서 기획, 홍보, 인사, 예산, 재무, 교육, 복지, 문화, 관광, 환경분야에서 일을 하지 못한 게 못내 아쉬움이 있다.

3. 남들 다 가는 유학을 가지 못한 점

공무원들의 후생복지 중 교육에 대한 이야기이다. 물론 기관에 따라 다르겠지만 서울시의 경우는 6개월짜리 국내·외 단기교육이 있고, 1년짜리 국내교육과 2년 이상 되는 국외훈련교육(일명 유학) 등이 있다.

그런데 김주사는 국내에서 하는 2개월짜리 외국어 합숙교육도 관리자가 가지 말라는 등 우여곡절 끝에 겨우 갔다 왔다. 중앙부처와 타 자치단체는 어떤지 모르겠으나 서울시청만큼은 유학을 갈 수 있는 제도가 있으니 후배들이 꼭 활용할 것을 강력추천한다.

4. 많은 사람들을 사귀지 못한 점

공직생활 30여 년 이상을 하다 보면 업무와 직접적인 사람도 있고, 다른 직원들을 통해 알게 되는 경우도 있고, 업무를 통해서나 교육을 가게 되서 알게 되는 경우도 있는 등 많은 사람들을 만나게 된다.

'사람의 성공여부는 그 사람이 인맥관리를 얼마나 잘했는지가 중요한 기준이 된다'라는 말도 있다.

김주사도 지난 공직생활 36년 동안 수많은 사람들을 만났지만 전화번호에 등재된 것은 얼마 안 되고 그중에서도 진짜로 가까운 사람은 더더욱 얼마 안 되는 걸 보고 좀 더 많은 사람들을 사귈 걸 하는 아쉬움도 있다. 특히나 자녀들 결혼을 시켜보면 적나라게 알 수 있다.

5. 재테크에 밝지 못했다는 것

퇴직을 목전에 두다 보니 주머니 사정이 여의치 않다. 애들이 셋이나 되고 결혼도 시켜야 되고 퇴직 후 생활도 해야 한다고 생각하니 걱정이 앞선다. 특히나 2019년도 재산등록을 해 보니 빚투성이였다. 김주사와 재테크는 정말 궁합이 맞지 않는 것 같다.

남들이 흔히 말하는 '머니머니해도 머니money가 최고'라는 말이 생각났다. 내 주변에 일부 직원들은 부동산 등 재테크에 관한 달인들도 있었다. 비록 직급은 다소 낮았지만 재테크만큼은 1급 정도는 된듯 하여 정말 부러웠다. 직급만 따지면 김주사보다 몇 급은 더 높으니 그들이 더 성공한 것 아닌가 싶다. ㅋㅋㅋ

6. 남의 말을 귀 기울여 듣지 않았던 점

9년 전 사무관 진급을 하고 진급자 대상 교육을 받은 기억이 있다. 그때 어떤 강사분이 한 얘기가 생각난다. 세상은 급변하고 있고 그중에서도 IT분야는 더욱더 빨리 변하고 있으니 여러분도 그에 맞춰 준비를 해야 한다면서 유튜브에 대해 얘기를 해 주었다. 당시에도 유튜브 사용자가 상상을 초월한다고 하면서 앞으로 유튜브 세상이 올 거라고 했다.

김주사는 비록 공공이지만 IT분야에서 10년을 일했는데 처음 듣는 얘기라 별 관심도 갖지 않고 그냥 스쳐 지나갔다. 나는 2002년에 개인적으로 만들어 운영했던 공무원 포털사이트인 김주사닷컴과 주민등록전산망 구축, OPEN시스템, 교통카드시스템 등 굵

직한 IT관련 업무들을 했으나 '세상이 어떻게 변하고 있는지'를 등한시했다. 한마디로 건방을 떨었던 것이었다.

명색이 IT를 전공한 김주사는 그동안 무엇을 했는가? 이제 와 퇴직하면 나도 유튜브 공부나 해 볼까라고 생각하고 있으니 참으로 한심하고 후회가 든다. 시작이 반이라고 그래도 시작해 보고자 한다. ㅋㅋㅋ

7. 동장을 해보지 못한 점

기초자치단체(시·군·구)에는 분야별 지역사령관들이 있다. 직급은 다르지만 흔히들 5대 기관장이니 6대 기관장이니 하면서 시장(군수, 구청장), 경찰서장, 세무서장, 소방서장, 우체국장, 동장 등을 두고 한 말이다.

친구들뿐 아니라 주변에서는 혹시 사무관(5급)으로 구청에서 근무를 하게 되면 반드시 동장은 한 번쯤 해 보라고 했다. 지방의 군 단위로 얘기하면 '면장'에 해당된다.

동장은 기관의 장이니 한 번쯤은 해 볼 만한 자리인지도 모르겠다. 하지만 동장들의 일과는 예전과는 하늘과 땅 차이만큼 다르다고 한다.

눈코 뜰 새 없이 바쁘다고 하는데 그래도 동장을 한번 해 보라고 하는 건 왜일까? 그것은 아마도 아직까지는 우리 사회가 힘 있는 곳으로 사람이 몰린다는 이유가 아닐까도 싶다.

8. 변변한 자격증 하나 따지 못한 점

2002년 7월부터 김주사닷컴을 운영하면서 알게 되었다. 매일같이 자료를 수집하기 위해 네이버 등 포털사이트에서 '공무원'을 키워드로 검색하다 보면 공무원이 책을 출판하거나 기술사 자격증을 취득했다는 기사를 종종 보게 된다. 그럴 때마다 나는 그 사람들이 늘 부러웠다.

김주사도 공인중개사, 주택관리사, 정보처리기술사에 도전해 봤지만 모두 실패했다.

김주사와 자격증은 아마도 인연이 없는 것 같다. 아무런 쓸모도 없는 대학 때 딴 정보처리기사1급과 퇴직 후 써먹게 될지는 모르겠지만 공무원 대다수는 누구나 다 갖고 있는 '행정사' 자격증이 있을 뿐 변변한 자격증 하나 따지 못하고 퇴직을 하는 게 못내 아쉽다.

9. 퇴직 준비를 소홀히 한 점

퇴직한 선배들을 만나 보면 대부분은 놀고 있어 힘들다고들 했다. 퇴직 후나 공로연수(보통 5급 이하는 6개월, 4급 이상은 1년) 중 3~6개월은 아무것도 안 하고 노니까 진짜 누구도 부럽지 않는 그런 기간이라고들 했다. 하지만 그 기간이 지나고 나면 좀이 쑤시고 식구들 눈치도 보여서 배낭 하나 메고 나오지만 막상 갈 데가 없어 결국은 노인들 천국인 종로 탑골공원 근처를 배회한다고 한다.

구청에서 퇴직하신 일부 선배들은 미리 미리 퇴직준비를 해 화물차 면허를 사서 화물택배를 하신 분들도 있고 개인택시 면허를 사거나 법인택시 회사에서 택시운전을 하신 분들도 봤다. 김주사도 퇴직준비를 하고 있지만 많이 부족한 것 같다. 퇴직 준비는 하루라도 빨리 준비하는 게 좋을 듯하다.

10. 자식들 결혼을 다 시키지 못한 점

퇴직을 앞둔 직원들을 보면 한결같은 얘기가 퇴직준비는 되었는지, 퇴직하면 무엇을 할 것인지와 자녀결혼 얘기이다. 우리 때는 30세 이전에 대부분 결혼을 했는데 요즘 젊은이들은 대체로 결혼 연령이 좀 높아져 여자는 30대 초반에 남자는 30대 중반에 결혼을 하는 듯하다. 그래서인지 베이비붐 세대(1955년~1963년)들은 60세에 퇴직을 하면 자식들이 대체로 20대 후반에서 30대 초반이라 결혼들을 하지 않는 경우가 많다.

그래서 퇴직을 앞둔 공무원들은 자녀들이 퇴직 전에 빨리 결혼을 해 주기를 바라는 것 같다. '그동안 30년 이상 공직생활을 하면서 수많은 애경사로 지출한 경조사비를 조금이나마 회수를 해야 되는데…'라고들 걱정을 한다.

김주사는 그나마 다행이다. 자식을 셋(딸, 딸, 아들) 두었는데 현직에 있을 때 하나, 공로연수 중에 하나 결혼을 시켜서…. ㅋㅋㅋ

/ 제11장 /

김주사의
후배들을 위한 한마디

○○○

20대 중반에 공무원 9급으로 들어오게 되면 보통은 35년 이상 근무를 하고 정년퇴직을 하게 된다. 공무원의 정년퇴직은 35% 수준으로 매우 낮은 편이다. 이는 중간에 자발적으로 그만둔 경우도 있겠지만 불미스런 일로 파면을 당하는 경우도 있기 때문이다. 공무원생활을 하다 보면 다양한 유혹을 접하게 되는데 영광스런 정년퇴직을 하고 싶다면 청렴은 당연하고, 정년퇴직을 위해서는 아래 내용을 귀담아 실천을 하면 조금이나마 도움이 되지 않을까 해서 김주사의 개인적인 생각을 정리해 봤다.

- 하면 좋은 것들 10가지
- 하지 말아야 할 것 10가지

하면 좋은 것들 10가지

1. 가능한 하고 싶은 일을 해라

공무원은 종이 한 장으로 인사발령과 업무분장이 이루어지고 그에 따라 일을 하게 된다. 하지만 누구나 자기 적성에 맞는 일이 있다. 하고 싶지 않은 일은 능률도 오르지 않는다. 할 수만 있다면 관리자에게 미리 이야기해서라도 자기 적성에 맞는 일을 하는 게 본인에게도 좋고 조직에도 도움이 된다. 그렇다고 청탁을 하라는 것은 아니다.

2. 이왕 하는 일이라면 전문가가 되라

흔히들 관리자가 직원을 평가할 때 가장 우선시하는 것은 무엇보다 김주사의 경험상 자기가 하는 업무를 얼마나 잘 숙지하고 있는지를 먼저 본다. 따라서 자기가 하는 일에 대해서는 관계법령, 업무지침, 국내·외 사례 등을 파악하는 게 좋다. 전문가가 되면 민원인에게도 당당해질 수 있고 매사 자신감이 생긴다.

3. 다양한 일을 경험해 봐라

공무원들은 한 부서에서 보통 2~3년 근무를 하면 다른 부서로 전출을 간다. 더러 한 부서에 오래 있고자 하는 경향도 있고 어려운 일은 기피하는 경우도 있지만 일을 두려워하지 않는 사람이 되었으면 한다. 어렵고 민원이 많은 일을 하게 되면 나중에는 오히려 일 처리가 쉬워진다. 그리고 가능한 많은 경험을 하게 되면 일상생활에도 도움이 되니 공직에 있을 때 다양한 업무를 접해 보는 것이 좋을 듯싶다.

4. 업무를 효율적으로 해라

일을 하다 보면 전임자가 하는 대로 따라 하는 경향이 많다. 왜냐하면 우선 빨리 처리하고 싶은 마음에 쉽게 하려고 하기 때문이다. 이럴 경우 본인에게는 별로 도움이 되지 않는다. 일을 하다 보면 개선할 부분이 있는 경우가 많다. 그럴 때는 과감하게 개선을 하라. 그러면 업무 효율이 훨씬 더 좋아지고 다음 업무담당자에게도 도움을 줄 수가 있다.

5. 기회다 싶으면 과감하게 결단하라

업무를 추진할 때나 진급을 할 때, 교육을 갈 때 등 일을 하다 보면 누구나 자기 의견을 개진할 때가 반드시 오게 된다. 예를 들면 남들이 기피하는 일이 있을 경우 "이번 일은 제가 한번 해 보겠습니다." "이번에는 교육 꼭 보내 주셔야 합니다." 등 기회가 오면 반드시 자기 의사를 분명하게 해야 한다. 그저 시키면 시키는 대로 하거나 이것도 흥 저것도 흥 하면 관리자는 결코 좋은 평가를 하지 않는다.

6. 동료, 상사와 잘 어울려라

'동료나 상사와 잘 어울려라'는 것은 상사에게 아부하라 그런 것이 결코 아니다. '잘 노는 사람이 일도 잘한다'라는 그런 의미도 아니다. 조직생활을 하는 데 있어 여러 가지 이유로 팀 회식에 자주 빠지는 것은 결코 바람직하지 않다. 비록 업무는 많지만 동료가 휴가 등으로 대직을 할 경우도 보다 적극적으로 업무를 처리해 주는 것도 동료와의 신뢰를 쌓는 데 도움이 된다.

7. 관리자가 되면 직원들과 소통하라

공직에서의 '소통'이란 말 정말 많이 듣는다. 부서 간의 소통, 상사와의 소통, 동료와의 소통 정말 중요하다. 부서 간의 소통은 업무량과 그에 따른 책임이 수반되기 때문에 더욱더 힘든 것 같고, 직원 간의 소통도 과거보다는 새로운 세대들이 들어오면서 더 안 되는 듯싶다. 그래도 관리자가 되면 자기 팀원이나 직원들의 애로사항 정도는 최소한 해결해 주는 노력이 필요하다고 본다.

8. 자기 권리는 최대한 찾아 먹어라

어떤 직원들은 샌드위치 휴가나 장기 재직휴가, 특별휴가, 해외 출장, 장기교육 등을 잘 이용하는 등 자신에게 주어진 기회를 십분 활용하는가 하면 어떤 직원은 업무에 치여 병가조차도 내지 못하는 것을 더러 보는 경우가 있다. 정말 성격 탓도 있겠지만 가능한 한 자신에게 주어진 기회들은 적극적으로 활용하여 재충전의 기회를 갖는 것이 중요하다.

9. 나만의 취미생활을 가져라

공직을 떠나면서 선배들이 꼭 하는 말이 있다. 그게 바로 '재직 시 자신만의 취미생활을 가지라'는 것이다. 공직을 떠나고 보면 내가 무엇을 했는지 기억에 남는 게 별로 없다고들 한다. 직장에도 다양한 동아리가 많다. 사진, 등산, 탁구, 당구, 골프, 방송, 서예, 음악 등 다양하다. 동아리에 들어가는 것도 하나의 방법이다. 특히, 요즘은 드럼, 국악, 색소폰, 하모니카 등 음악에 관심들을 많이 갖는 것 같다. '퇴직하고 하면 되겠지?'라고 생각들 하지만 그때는 이미 늦어 더욱더 어렵다고 하니 미리미리 한두 개씩 배워두는 게 좋을 듯하다.

10. 나머지는 관운에 맡겨라

'진인사대천명盡人事待天命'이란 말이 있다. 해야 할 일을 다 하고 나서 하늘의 명을 기다린다는 뜻이다. 로또 복권을 사야 로또에 당첨되듯이 노력하는 자에게만 관운도 따른다는 것도 알았으면 한다.

하지 말아야 할 것들 10가지

1. 업무를 대충 하지 마라

관리자가 직원을 평가할 때는 적게는 1개월 많게는 6개월 이상 지켜본다는 것을 명심해야 한다. 관리자는 업무 숙지 능력을 보기 위해 아는 것도 일부러 물어본다는 것을 알아야 한다. 나는 관리자를 잘 안다는 생각에 대충 대충 하다가는 동료들보다 반드시 진급이 늦어지게 된다. 적절한 표현인지는 모르지만 9급으로 들어와 7급으로 퇴직하는 경우가 본인이 될 수도 있다.

2. 같이 근무하고 싶지 않은 직원이 되지 마라

일을 하다 보면 직·간접적으로 다양한 직원들을 만나게 된다. 그리고 인사 때만 되면 팀장과 과장은 일도 잘하고 동료들과 잘 어울리는 직원을 데려오기 위해서 발로 뛴다. 하지만 소위 폭탄이라고 하는 직원은 같이 근무하고 싶지 않아서 서로 피 튀기는 전쟁을 하게 된다. 이와 같이 호불호가 갈리는데 이왕이면 전자가 되기 위한 노력이 필요하지 않을까 싶다.

3. 동료들의 입방아에 오르지 마라

직장생활을 하다 보면 어느 직장이든 복도통신이라는 게 돌아다닌다. 일은 못하면서 뉴스를 만들고 전파하는 데 있어서는 타의 추종을 불허하는 직원들이 있다. "누구는 누구랑 사귀더라. 누구는 누구의 라인이다. 누구는 진짜 짠돌이더라." 등 각양각색의 뉴스들이 흘러 다닌다. 가능하면 여기에 주인공이 되지 않는 게 좋다.

4. 절대로 징계를 받지 마라

공무원의 징계는 중징계(파면, 해임, 강등, 정직)와 경징계(감봉, 견책)로 나뉜다. 징계의 사유는 업무처리 지연, 품위유지 위반, 성추행, 금품수수, 향응, 음주 등 다양하다. 징계라는 것은 항상 꼬리표가 붙어 다닌다. 일정기간이 지나면 진급에는 영향이 없다고는 하지만 성과급을 받을 때나 인사 때 불이익을 받을 수도 있기에 징계 받을 일을 하지 마라.

5. 동료나 직장상사를 비난하지 마라

회사에 다니는 것은 상사나 경쟁 상대를 씹는 재미로 다니는지는 모르겠다. 하지만 동료나 직장상사를 비난하기 전에 자기 자신을 뒤돌아볼 필요가 있다. 재는 일은 하지 않으면서 아부로 진급을 했다. 재는 뒤에 누가 봐주고 있다. 팀장은 일도 하지 않으면서 시키기만 한다는 등 남을 비난하면 배 이상으로 손해를 본다. 비난하는 것보다는 칭찬을 하는 게 훨씬 더 이득임을 명심해야 한다. 하지만 사람인지라 꼭 씹을 일이 있으면 진짜로 친한 동료와 함께 아주 충분히 자근자근 씹어라.

6. 가능한 한 사표를 쓰지 마라

일을 하다 보면 나에게 맞지 않고 하기 싫은 일도 있고, 민원인과 싸우기도 하고, 상사로부터 혼나는 경우도 있다. 적성에 맞지 않는 경우를 제외하고는 쉽게 사표를 쓰는 것은 결코 바람직하지 않다. 차선책이지만 고충상담이나 인사교류 등을 통해서 다른 부서나 다른 기관으로 옮길 수도 있기 때문이다. 김주사 또한 공직생활 초창기에 사표를 제출하기도 했지만 참다 보니 여기까지 온 것 같다.

7. 술 먹고 주사 부리지 말고, 술 먹은 다음날 병가를 내지 마라

평소에 얌전하던 직원이 술만 먹으면 바로 주사(6급)로 진급하는 경우가 있다. 이런 직원은 바로 복도통신의 주인공이 되어 검색어 순위에 오를 수 있다. 잘나가는 관리자들은 회식 때 과음을 하더라도 다음 날 일찍 출근을 한다. 그런데 일부 직원들은 회식 때 과음을 하고 다음 날 병가를 내거나 연가를 내는 경우가 있다. 이런 직원들은 아무리 일을 잘한다 해도 좋은 평가를 받지 못한다. '오늘 저녁에는 좀 마셔야겠다'고 판단이 들면 사전에 미리 연가를 내라.

8. 절대로 돈은 받지 마라

청렴은 100번 강조해도 지나치지 않은 말이다. 일을 하다 보면 각종 유혹에 빠지는 경우가 있다. 업자는 업자에 불과하다 걸 명심해야 한다. 잘나갈 때는 간도 빼줄 것 같지만 그것을 그대로 믿어서는 안 된다. 나도 재직 중에 내 주변에서 금전적인 문제로 1명이 자살을 하고, 2명은 파면을 당하는 아픔도 있었다.

9. 진급할 때는 양보하지 마라

공무원의 급여는 정말 박봉이다. 따라서 유일한 보상은 '승진'이다. 그간 김주사의 경험으로 볼 때 승진만한 보상은 없다고 감히 말씀을 드리고 싶다. 따라서 '모든 일에 최선을 다하고 그에 따른 보상은 남을 위해 절대로 양보하지 마라.'

10. 관운에 기대지 마라

얼마 전 로또에 당첨된 분이 도박 등으로 전 재산을 탕진하고 절도를 했다는 보도를 접한 바 있다. 로또는 조상님의 덕이나 운이 좋아 당첨된지 모르지만 감옥에 가는 것은 운이 나빠 가는 것은 결코 아니다. 관운이 유난히 잘 따르는 직원이 있을 수는 있지만 그걸 부러워할 필요도 없는 듯싶다. 관운도 조상님 덕이라 생각하고 언제나 최선을 다하는 게 중요하다.

/ 제12장 /

김주사가 본 서울시청과 구청의 차이점

아래 내용은 서울시 본청과 사업소에서 약 30년 동안, 서울시 금천구청에서 5급과 4급으로 6년 동안 근무한 경험에 비추어 김주사가 느낀 점을 정리한 것이다.

〈서울시청〉

1. 서울시 공무원은 본청과 사업소를 포함하여 약 35,000명이다.
2. 서울시 의원은 총 110명이다.(구별 2~6명)
3. 시청은 8급, 9급 직원은 많지 않다. 9급은 정말 보기 어렵고, 8급은 한 부서에 1~2명이 있을까 말까 하다.
4. 팀장이 5급(사무관)이고, 과장이 4급(서기관), 국장 3급, 실장 · 본부장 1~2급, 부시장, 시장이 있다.
5. 5급 이상은 고시출신이 대부분이고 직급이 높을수록 고시출신 비율이 높다.
6. 시는 외국 유학비를 지원해 주는데 5급 이상 고시출신들은 퇴직 때까지 보통 2번 이상(1회 약 2년)을 가는 편이고, 6급 이하 직원들도 외국어 성적이 되면 유학을 가는 경우도 꽤 있다.
7. 정책적인 일을 주로 하기 때문에 난이도가 높고 업무량도 많지만 사업이 시행되면 시민들에게 바로 전파되어 나름 보람을 갖는 경우가 많다.
8. 6급에서 5급 승진과 5급에서 4급 승진은 하늘의 별 따기만큼 어렵다.
9. 승진을 목전에 둔 경우에는 직원, 간부들과 소통은 기본이다.
10. 다양한 일을 배울 수도 있고 많은 사람과 관계도 가질 수 있다.
11. 서울시에 근무한다는 자부심도 있다.

12. 민원인이 개인보다는 단체가 많은 편이고 민원의 강도가 구청보다 심한 편이다.
13. 시의회의 업무보고 및 질의응답은 본부장(어쩌다 국장)이 하고, 시정 질의에 대한 답변은 주로 시장이 한다.
14. 국회의 국정감사와 감사원 감사를 받는다.
15. 시 산하 사업소가 매우 많다.(상수도사업본부, 인재개발원 등)

〈서울시 구청〉

1. 구청의 공무원은 구청마다 다르지만 대략 1,000명에서 1,500명 정도이다. (금천구 2019.12.31.현재 1,228명임)
2. 구의원은 대략 동별로 1명 정도이다.(금천구 10개동에 10명)
3. 9급, 8급 등 하위직이 많고, 6급(팀장), 5급(과장, 동장), 4급(국장, 단장, 소장), 2~3급(부구청장), 구청장이 있다.
4. 구의회의 업무보고 및 질의응답은 과장이 주로 하고 구정질의에 대한 답변은 주로 국장, 단장, 소장 등이 하고 어쩌다 구청장이 한다.
5. 복지포인트, 복리후생비, 출장비, 여비 등이 시보다는 다소 많은 편이다.
6. 주민을 대상으로 각종 행사와 교육이 많은 편이다.
7. 업무추진비를 팀 단위로 자유롭게 쓰는 편이다.
8. 무보직 6급이 많아 6급으로 승진을 하더라도 보직을 받는 데 2년 이상 걸린다.
9. 대체로 5, 4급 승진이 시보다는 빠른 편이다.
10. 정부, 시의 특별교부금이나 공모사업을 통해 외부재원을 확보한다.

11. 동네 유관 단체장 등 유지들의 입김이 다소 작용한다.

12. 현장중심의 생활행정이 많다.

13. 감사원, 시 감사를 받지만 감사 주기는 보통 5년 내외이다.

14. 직원들의 노조에 대한 관심이 많은 편이다.

15. 구 소속 사업소는 거의 없다.(시설관리공단, 문화재단 등)

/ 제13장 /

김주사의 퇴직준비는 이렇게 했다

○○○

흔히 공무원이 퇴직을 하면 '사기를 당하거나 사업하면 100% 망한다'라고 한다. 실제로 그런 분들도 꽤 있다는 것을 선배들이나 언론을 통해 들어 본 적도 있다. 그래서 그저 연금 받고 용돈벌이라도 하면 최고라고 한다.

- 김주사의 퇴직준비는 이렇게 했다

- 퇴직 후 하고 싶은 것은?

〈퇴직준비〉

김주사의 퇴직준비는 이렇게 했다

첫째, 공무원포털사이트인 '김주사닷컴'을 2002년 7월 1일 OPEN 했다. 회원 수는 약 30,000명이다.

둘째, 택시포털사이트와 네이버 블로그인 '골뱅이택시'를 2008년 8월 1일부터 운영하고 있다. 홈페이지는 일일방문객이 1,000여 명, 블로그는 100여 명이 방문하고 있다.

셋째, 공무원시험 준비생, 대학 입시생, 자격증 취득 등을 위한 문제풀이 사이트인 '문제천국'을 개발 중에 있다. 개발은 80% 되었고 2021년 상반기에 OPEN 예정이다.

넷째, 김주사닷컴, 골뱅이택시, 문제천국을 통해 온라인 쇼핑몰을 운영할 예정이다.

다섯째, 공무원들이 업무를 보다 효율적으로 처리하기 위한 행정S/W를 개발 예정이다.(업무발굴 및 기획 중)

여섯째, 유튜브를 준비하고 있다. 공공분야는 김주사닷컴과 관련된 것으로 약 200개 내외 컨텐츠를 정리 중에 있다. 개인분야는 사진으로 '로맨틱'과 '재미있는 간판'을 촬영 중에 있다.

일곱째, 37년 공직생활을 토대로 한 에세이와 포켓 유머책 출판을 위해 1년 전부터 준비해서 2020년 12월 초에 나올 예정이다.

여덟째, 공로연수 기간부터 사용하기 위한 나만의 공간을 마련했다.(2019년 12월부터 사용 중)

아홉째, 주린이의 주식투자 방법에 대해 책을 출판해볼까 싶어 아주 소액으로 주식 투자를 경험하고 있다.

열째, 나만의 취미생활을 하고자 한다. 당구, 등산, 하모니카, 문제만들기 등을 하거나 준비하고 있다.

〈퇴직 후 하고 싶은 것은?〉

연번	하고 싶은 것	1년 내	3년 내	5년 내
1	나만의 놀이공간 확보하기(5~10평)	●	●	
3	책 출판하기(최소 2권, 연1권씩)	●	●	
4	자녀 3명 모두 결혼시키기	●	●	
2	당구 300 이상 애버리지 올리기(현150)	●		
5	사진 전시회 하기(사진 2,000장 이상 확보)	●	●	
6	하모니카 연주하기		●	
7	20곳 이상 산행하기(연 5곳 이상)	●	●	●
8	국내외 20곳 이상 여행하기(연 5곳 이상)	●	●	●
9	전국 맛집 20곳 이상 다녀오기(연 5개 이상)	●	●	●
10	관련분야 강의하기(택시 등)		●	
11	홈페이지 2개 이상 신규 운영하기		●	
12	혼자 밥 먹고 차 마시기, 혼자 영화보기	●	●	●
13	책 30권 이상 읽기(연 10권 이상)	●	●	●
14	선배, 지인 60명 이상 찾아뵙기(월 1명 이상)	●	●	●
15	봉사활동 50시간 이상 하기(연 10시간 이상)	●	●	●
16	일반상식, 퀴즈 등 10,000문제 이상 만들기(연 2,000문제 이상)	●	●	●
17	새로운 친구 20명 이상 만들기(연 5명 이상)	●	●	●
18	유튜브 회원 1만 명 이상 확보하기		●	
19	간수치(감마gtp) 100 이하 유지하기 (정상 50 이하)	●	●	●
20	현금 5,000만 원 이상 모으기(연 1,000만 원 이상)			●

출간후기

서울시 '김주사'가 들려주는 진짜 공직사회 이야기

권선복
(도서출판 행복에너지 대표이사)

바야흐로 공무원은 누구나 선망하는 직업이 되었습니다. 공무원 시험 합격을 돕는다고 선전하는 학원들은 우후죽순 생겨나 문전성시를 이루며 고등학생 때부터 목표를 공무원으로 잡고 졸업하자마자 공부를 시작하는 경우도 적지 않은 편입니다. 심지어 많은 초등학생들이 미래 희망을 공무원이라고 이야기하면서 어른들을 놀라게 만든 사례가 언론에 보도된 적도 있습니다.

이렇게 많은 사람들이 안정적인 위치와 퇴직 후 보장 등을 들어 공무원을 선망하지만 이러한 사회적 선망에 비교해서 공직이라는 위치가 갖는 책임의식, 업무의 특이성과 어려움, 공무원 조직의 특징과 적응법 등은 공개적으로 잘 이야기되지 않는 것이 사실입니다.

그런 의미에서 공무원의 업무와 조직생활을 눈앞에서 보는 듯 생생하게 담아낸 책『어쩌다 늘공이 된 김주사』는 공직을 꿈꾸고 있는 분들에게 흥미로우면서도 유용한 자료가 될 수 있을 것입니다.

이 책을 지은 황인동 저자는 1984년 서울시 공무원 시험에 합격하여 서울시청과 서울시 산하 기관에서 약 37년을 근무하였으며 금천구청 국장 직위인 미래발전추진단장으로 2년여 재직 후 퇴직을 기념하여 출판한 책 속에서 스스로를 칭하는 '김주사'는 공직사회 내에서 공무원 개인을 칭하는 대표성을 가진 호칭이기도 합니다.

황인동 저자는 이 책을 통해 공직 사회이기에 일어날 수 있는 재미난 에피소드, 웃지 못할 조직사회 특유의 부조리 경험, 공무원 조직에 적응하기 위해 노력했던 다양한 족적, 공무원으로서 자랑스러웠던 순간순간들의 이야기와 함께 공무원을 꿈꾸는 사람들에게는 큰 도움이 될 수 있는 공무원의 교육, 승진, 인사, 봉급, 연금에 대한 이야기들 역시 거침없이 풀어놓습니다.

또한 공직의 문을 열고 들어올 열정 넘치는 후배들을 위해 공직생활 중에 해 두면 좋은 것 10가지와 절대로 하지 말아야 하는 것 10가지를 친절하게 이야기해 주기도 하며, 고령화시대를 맞아 누구나 준비해야 하는 정년퇴직 후 제2의 인생 준비에 대해서도 언급하는 것을 잊지 않습니다.

공무원이 되는 것을 꿈꾸고 있는 사람들, 혹은 공직생활을 앞두고 있는 사람들에게 이 책『어쩌다 늘공이 된 김주사』는 앞으로 나아갈 길에 대해 다양한 통찰을 제공할 수 있을 것입니다!

도서출판 행복에너지의 책을 읽고 후기글을 네이버 및 다음 블로그, 전국 유명 도서 서평란(교보문고, yes24, 인터파크, 알라딘 등)에 게재 후 내용을 도서출판 행복에너지 홈페이지 자유게시판에 올려 주시면 게재해 주신 분들께 행복에너지 신간 도서를 보내드립니다.

www.happybook.or.kr
(도서출판 행복에너지 홈페이지 게시판 공지 참조)

함께 보면 좋은 책들

나는 매일 새 차를 탄다

김세진 지음 | 값 16,000원

이 책 『나는 매일 새 차를 탄다』는 현대자동차의 카마스터(자동차 판매 영업 사원)에서 시작하여 지점장에 이르기까지 36여 년간을 한 직장에서 근무하며 첫 직장에서 정년을 맞은 김세진 저자의 에세이임과 동시에 '고객의 마음을 사로잡는 방법'이라는 쉽지 않은 주제에 대해 던지는 하나의 답이다. 36여 년간 다양한 카마스터와 고객을 보아 온 저자의 경험에서 우러나온 통찰은 사회생활을 준비하는 이들에게 큰 귀감이 되어 줄 수 있을 것이다.

번아웃: 이론, 사례 및 대응전략

이명호, 성기정 지음 | 값 25,000원

최근 사회적으로 큰 이슈를 불러일으키고 있는 '번아웃 증후군'에 학문적으로 접근하여 이론적인 기반을 세우는 한편 사례조사를 통한 대응 원칙을 세우는 것을 목표로 하고 있는 책이다. 번아웃의 원인, 결과, 그리고 이에 대한 대응전략이라는 큰 틀 속에서 번아웃의 증상을 유형화하고, 번아웃 이론을 소개하였으며, 번아웃의 측정문제를 다루었다. 특히 의사들을 연구대상으로 한 저자의 박사학위논문 연구결과를 사례로 제시하여 현장성을 높였다.

바이러스 한 방으로 날리는 면역 약선 밥상

김선규 지음 | 값 25,000원

약선은 '약(藥)' 자와 반찬 '선(膳)' 자를 합쳐, 말 그대로 '약이 되는 음식'이란 뜻이다. 본서는 한방약선학의 정의와 역사 및 이론에서부터 우리가 일상적으로 사용하는 식재료 및 쉽게 접할 수 있는 한약 재료들을 활용해 약선음식을 만드는 레시피까지 자세히 기술된 웰빙음식 백과사전이다. 특히 좋은 식재료와 안전한 한약재를 선택하고 활용할 수 있는 방법에 중점을 두고 있는 것이 특징이다.

단 한번뿐인 삶, 화가로 살아보기

서봉남 지음 | 값 25,000원

동심을 그려내는 휴머니즘 화가이자 한국의 미를 살려내는 토속화가, 동시에 예수 그리스도의 길을 따르는 성화 화가인 서봉남 화백이 화업 50주년을 맞이하여 사랑하는 이들 앞에 선보이는 에세이이자 자서전이다. '동붕 서봉남'이라는 한 인물과 그의 작품세계를 다양한 차원, 다양한 목소리로 재조명하고 있는 이 책을 읽다 보면 가장 한국적인 미를 담고 있는 그의 작품이 전 세계에서 사랑받는 이유를 알 수 있을 것이다.

당신을 만나 참 좋았다

가갑손 지음 | 값 25,000원

이 책 『당신을 만나 참 좋았다』는 그처럼 저자가 8년간 페이스북을 통해 기록한 본인의 단상을 옮겨 놓은 수필이다. 일상적인 이야기부터 때로는 우리나라의 정치, 경제, 경영, 사회, 문화 등 다양한 범위를 망라하며 본인의 생각을 옮긴 저자의 흔적들은 짧지만 강렬한 비판의식을 가지고 있으며 문장 사이사이는 단호한 주관으로 빛난다. 복잡다양한 세상사를 이해하고 그에 대한 비판적인 시각을 기르는 데 도움을 얻을 수 있을 것이다.

트로트 열풍 - 남인수부터 임영웅까지

유차영 지음 | 값 25,000원

본서는 대한민국의 트로트 역사를 꼼꼼히 망라하는 '트로트 입문서'이다. 유차영 작가는 '유행가는 그 시대를 풀어내는 산 증인'이라는 자신의 신념과 함께 1921년 〈희망가〉로부터, 2020년 〈이제 나만 믿어요〉까지 우리나라 트로트 역사 100년의 궤적을 엮어 노래별로 얽힌 사람과 역사, 당시의 사연들을 시원한 입담으로 풀어낸다. 그 시절의 아련한 향수를 떠올리게 하는 한편 더욱 흥미롭게 트로트를 즐길 수 있게 도와줄 것이다.